LA MUERTE DE IVÁN ILICH

ED. PERELLÓ
CLÁSICOS LIBRES

La Colección *Clásicos Libres* está destinada a la difusión de traducciones inéditas de grandes títulos de la literatura universal, con libros que han marcado la historia del pensamiento, el arte y la narrativa.

Entre sus publicaciones más recientes destacan: *Meditaciones, de Marco Aurelio; La ciudad de las damas, de Christine de Pizan; Fouché: el genio tenebroso, de Stefan Zweig; El Gatopardo, de Giuseppe di Lampedusa; El diario de Ana Frank; El arte de amar, de Ovidio; Analectas, de Confucio; El Gran Gatsby, de F. Scott Fitzgerald; El retrato de Dorian Gray, de Oscar Wilde,* entre otras...

LEÓN TOLSTÓI

LA MUERTE DE IVÁN ILICH

EDICIONS PERELLÓ

© Del texto: León Tolstói
© De la traducción: Alexis Padrón Alfonso
© Ed. Perelló, SL, 2026

Carrer de les Amèriques, 27
46420 – Sueca, Valencia
e-mail: info@edperello.es
http://edperello.es

I.S.B.N.: 979-13-70192-41-9

Impreso en España

Este libro ha sido impreso en papel
ecológico procedente de bosques sostenibles.

Índice

I

Durante un intervalo del juicio de Melvinski en el gran edificio del Palacio de Justicia, los miembros y el fiscal se reunieron en la sala privada de Iván Egorovich Shebek, donde la conversación giró en torno al célebre caso Krasovski. Fedor Vasilievich sostuvo calurosamente que no estaba sujeto a su jurisdicción, Iván Egorovich sostuvo lo contrario, mientras que Peter Ivanovich, no habiendo entrado en la discusión al principio, no tomó parte en ella, sino que ojeó la Gaceta que acababa de ser entregada.

—Señores —dijo—. ¡Iván Ilich ha muerto!

—¡No lo dice usted!

—Toma, léelo tú mismo —respondió Peter Ivanovich, entregándole a Fedor Vasilievich el papel aún húmedo de la prensa. Rodeado de un borde negro estaban las palabras:

Praskovya Fedorovna Golovina, con profundo dolor, informa a los parientes y amigos del fallecimiento de su querido esposo Iván Ilich Golovin, miembro del Tribunal de Justicia, ocurrido el 4 de febrero de este año 1882. El funeral tendrá lugar el viernes a la una de la tarde.

Iván Ilich había sido colega de los señores presentes y era querido por todos ellos. Estaba enfermo desde hacía algunas semanas con una enfermedad que se decía incurable. Su puesto se había mantenido abierto para él, pero se había conjeturado que en caso de su muerte Alexeev podría recibir su nombramiento, y que Vinnikov o Shtabel sucederían a Alexeev. Así, al recibir la noticia de la muerte de Iván Ilich, el primer pensamiento de cada uno de los caballeros presentes en aquella sala privada fue el de los cambios y ascensos que podría ocasionar entre ellos mismos o entre sus conocidos.

«Seguro que conseguiré el puesto de Shtabel o el de Vinnikov —pensó Fedor Vasilievich—. Me lo prometieron hace tiempo, y el ascenso significa para mí ochocientos rublos más al año, además del subsidio».

«Ahora debo solicitar el traslado de mi cuñado desde Kaluga —pensó Peter Ivanovich—. Mi mujer se alegrará mucho, y entonces no podrá decir que nunca hago nada por sus parientes».

—Creí que no volvería a salir de su cama —dijo Peter Ivanovich en voz alta. Es muy triste. ¿Pero qué le pasaba realmente?

—Los médicos no sabían decirlo; al menos podían, pero cada uno de ellos decía algo diferente. La última vez que lo vi pensé que estaba mejorando.

—Y no he ido a verlo desde las vacaciones. Siempre quise ir. ¿Tenía alguna propiedad?

—Creo que su esposa tenía un poco, pero algo bastante insignificante.

—Tendremos que ir a verla, pero viven muy lejos.

—Lejos de ti, querrás decir. Todo está muy lejos de tu casa.

—Ya ves, nunca podrá perdonar que yo viva al otro lado del río —dijo Peter Ivanovich, sonriendo a Shebek. Luego, hablando todavía de las distancias entre las distintas partes de la ciudad, volvieron a la Corte.

Además de las consideraciones sobre los posibles traslados y ascensos que probablemente se derivarían de la muerte de Iván Ilich, el mero hecho de la muerte de un conocido cercano despertaba, como de costumbre, en todos los que se enteraban de ella el sentimiento complaciente de que es él quien ha muerto y no yo.

Cada uno pensaba o sentía: «¡Bueno, él está muerto pero yo estoy vivo!». Pero los más íntimos de los conocidos de Iván Ilich, sus supuestos amigos, no podían dejar de pensar también que ahora tendrían que cumplir con las muy fastidiosas exigencias del decoro asistiendo al servicio fúnebre y haciendo una visita de condolencia a la viuda.

Fedor Vasilievich y Peter Ivanovich habían sido sus más cercanos conocidos. Peter Ivanovich había estudiado derecho con Iván Ilich y se consideraba obligado con él. Después de comunicarle a su esposa, a la hora de la cena, la muerte de Iván Ilich y su conjetura de que sería posible conseguir el traslado de su hermano a su circuito, Peter Ivanovich sacrificó su siesta habitual, se puso el traje de noche y se dirigió a la casa de Iván Ilich.

En la entrada había un carruaje y dos taxis. Apoyado en la pared del vestíbulo de la planta baja, cerca del guardarropa, había una tapa de ataúd cubierta con tela de oro, adornada con cordón y borlas de oro, que había sido pulida con polvo metálico. Dos damas vestidas de negro se quitaban sus mantos de piel. Peter Ivanovich reconoció a una de ellas como la hermana de Iván Ilich, pero la otra era una desconocida para él. Su colega Schwartz estaba bajando las escaleras, pero al ver entrar a Peter Ivanovich se detuvo y le guiñó un ojo, como si dijera: «Iván Ilich se ha hecho un lío, no como tú y yo.

El rostro de Schwartz, con sus bigotes de Piccadilly, y su esbelta figura en traje de noche, tenían, como de costumbre, un aire de elegante solemnidad que contrastaba con la jocosidad de su carácter y tenía aquí una especial picardía, o así le pareció a Peter Ivanovich.

Peter Ivanovich permitió que las damas lo precedieran y las siguió lentamente hacia arriba. Schwartz no bajó, sino que se quedó donde estaba, y Peter Ivanovich comprendió que quería acordar dónde debían jugar al bridge aquella noche. Las damas subieron a la habitación de la viuda, y Schwartz, con los labios seriamente comprimidos pero con una mirada juguetona, indicó con un giro de cejas la habitación de la derecha donde yacía el cadáver.

Peter Ivanovich, como todo el mundo en tales ocasiones, entró sin saber qué tendría que hacer. Lo único que sabía era que en esos momentos siempre es seguro persignarse. Pero no estaba muy seguro de si había que hacer alguna observación al hacerlo. Por lo tanto, adoptó una postura intermedia. Al entrar en la habitación, comenzó a cruzarse y realizó un ligero movimiento parecido a una reverencia. Al mismo tiempo, en la medida en que el movimiento de su cabeza y su brazo se lo permitían, observó la habitación. Dos jóvenes —al parecer sobrinos—, uno de los cuales era alumno del institutosalían de la habitación, cruzándose al hacerlo. Una anciana permanecía inmóvil y una señora con las cejas extrañamente arqueadas le decía algo en un susurro. Un vigoroso y decidido lector de la Iglesia, con bata de cola, leía algo en voz alta con una expresión que impedía cualquier contradicción. El ayudante del mayordomo, Gerasim, pasando ligeramente por delante de Peter Ivanovich, esparcía algo por el suelo. Al notar esto, Peter Ivanovich se percató inmediatamente de un leve olor a cuerpo en descomposición.

La última vez que había visitado a Iván Ilich, Peter Ivanovich había visto a Gerasim en el estudio. Iván Ilich le había tenido un cariño especial y estaba cumpliendo con el deber de enfermero. Peter Ivanovich continuó haciendo la señal de la cruz inclinando ligeramente la cabeza en una dirección intermedia entre el ataúd, el Lector y los iconos sobre la mesa en un rincón de la habitación. Después, cuando le pareció que este movimiento de su brazo al cruzarse se había prolongado demasiado, se detuvo y se puso a mirar el cadáver.

El muerto yacía, como siempre yacen los muertos, de una manera especialmente pesada, con sus miembros rígidos hundidos en los mullidos cojines del ataúd, con la cabeza siempre inclinada sobre la almohada. Su frente amarilla y encerada, con manchas de calvicie sobre las sienes hundidas, estaba levantada de la manera peculiar de los muertos, y la nariz protuberante parecía presionar el labio superior. Estaba muy cambiado y había adelgazado aún más desde que Peter Ivanovich lo había visto por última vez, pero, como ocurre siempre con los muertos, su rostro era más apuesto y sobre todo más digno que cuando estaba vivo. La expresión de su rostro decía que lo que era necesario se había cumplido, y se había cumplido correctamente. Además, había en esa expresión un reproche y una advertencia a los vivos. Esta advertencia le pareció a Peter Ivanovich fuera de lugar, o al menos no aplicable a él. Sintió una cierta incomodidad, por lo que se apresuró a cruzar una vez más y se dio la vuelta y salió por la puerta, demasiado apresurado y sin tener en cuenta la propiedad, como él mismo sabía.

Schwartz le esperaba en la habitación contigua con las piernas abiertas y ambas manos jugueteando con su sombrero de copa a la espalda. La mera visión de aquella figura juguetona, bien cuidada y elegante refrescó a Peter Ivanovich. Sintió que Schwartz estaba por encima de todos estos sucesos y que no se rendiría a ninguna influencia deprimente. Su misma mirada le decía que este incidente de un servicio religioso para Iván Ilich no podía ser motivo suficiente para infringir el orden de la sesión, es decir, que ciertamente no le impediría desenvolver una nueva baraja de cartas y barajarlas esa noche mientras un lacayo colocaba velas frescas en la mesa: de hecho, que no había ninguna razón para suponer que este incidente les impediría pasar la velada de forma agradable. De hecho, lo dijo en un susurro cuando Peter Ivanovich pasó junto a él, proponiendo que se reunieran para jugar en casa de Fedor Vasilievich. Pero, al parecer, Peter Ivanovich no estaba destinado a jugar al bridge aquella noche. Praskovya Fedorovna (una mujer bajita y gorda que, a pesar de todos los esfuerzos en sentido contrario, había seguido ensanchándose sin cesar desde los hombros hacia abajo y que tenía las mismas cejas extraordinariamente arqueadas que la dama que había estado junto al féretro), vestida toda de negro, con la cabeza cubierta de encajes, salió de su propia habitación con otras damas, las condujo a la habitación donde yacía el cadáver y dijo:

—El servicio comenzará inmediatamente. Por favor, pasen.

Schwartz, haciendo una reverencia indefinida, se quedó quieto, evidentemente sin aceptar ni rechazar esta invitación. Praskovya Fedorovna, al reconocer a Peter Ivanovich, suspiró, se acercó a él, le tomó la mano y le dijo:

—Sé que fuiste un verdadero amigo de Iván Ilich… —y lo miró esperando alguna respuesta adecuada.

Y Peter Ivanovich sabía que, al igual que había sido lo correcto cruzarse en aquella habitación, lo que debía hacer aquí era apretar su mano, suspirar y decir:

—Créeme..

Así que hizo todo esto y mientras lo hacía sintió que se había logrado el resultado deseado: que tanto él como ella se sintieran conmovidos.

—Ven conmigo. Quiero hablar contigo antes de que empiece —dijo la viuda—. Dame tu brazo.

Peter Ivanovich le dio el brazo y se dirigieron a las habitaciones interiores, pasando por delante de Schwartz, que guiñó el ojo a Peter Ivanovich con compasión.

—¡Esto sirve para nuestro puente! No te opongas si encontramos otro jugador. Tal vez puedas intervenir cuando te escapes —dijo su mirada juguetona.

Peter Ivanovich suspiró aún más profunda y abatidamente, y Praskovya Fedorovna le apretó el brazo agradecida. Cuando llegaron al salón, tapizado de cretona rosa e iluminado por una tenue lámpara, se sentaron a la mesa, ella en un sofá y Peter Ivanovich en un puf bajo, cuyos muelles cedían espasmódicamente bajo su peso. Praskovya Fedorovna había estado a punto de advertirle que tomara otro asiento, pero sintió que tal advertencia no se correspondía con su estado actual y cambió de opinión. Al sentarse en el puf, Peter Ivanovich recordó cómo Iván Ilich había arreglado esta habitación y le había consultado sobre esta cretona rosa con hojas verdes. Toda la habitación estaba llena de muebles y cachivaches, y en su camino hacia el sofá el encaje del chal negro de la viuda se enganchó en el borde de la mesa. Peter Ivanovich se levantó para desprenderlo, y los muelles del puf, aliviados de su peso, se levantaron también y le dieron un empujón. La viuda comenzó a desprender ella misma su chal, y Peter Ivanovich volvió a sentarse, reprimiendo los rebeldes resortes del puf bajo él. Pero la viuda no se había liberado del todo y Peter Ivanovich volvió a levantarse, y de nuevo el puf se rebeló e incluso crujió. Cuando todo esto terminó, ella sacó un pañuelo de batista limpio y se puso a llorar. El episodio del chal y la lucha con el puf habían enfriado las emociones de Peter Ivanovich, que permanecía sentado con una mirada hosca. Esta incómoda situación fue interrumpida por Sokolov, el mayordomo de Iván Ilich, que vino a informar que la parcela en el cementerio que había elegido Praskovya Fedorovna costaría doscientos rublos. Ella dejó de llorar y, mirando a Peter Ivanovich con aire de víctima, comentó en francés que era muy duro para ella. Peter Ivanovich hizo un gesto silencioso que significaba su plena convicción de que efectivamente debía ser así.

—Por favor, fume —dijo ella con voz magnánima, pero aplastada, y se volvió para discutir con Sokolov el precio de la parcela para la tumba.

Peter Ivanovich, mientras encendía su cigarrillo, la oyó indagar muy circunstancialmente en los precios de las diferentes parcelas del cementerio y finalmente decidir cuál tomaría. Una vez hecho esto, le dio instrucciones sobre la contratación del coro. Sokolov salió entonces de la habitación.

—Yo me ocupo de todo —le dijo a Peter Ivanovich, cambiando los álbumes que estaban sobre la mesa; y al notar que la mesa estaba en peligro por la ceniza de su cigarrillo, le pasó inmediatamente un cenicero, diciendo al hacerlo—: Considero una afectación decir que mi dolor me impide ocuparme de los asuntos prácticos. Al contrario, si hay algo que puede, no diré que me consuele, sino que me distraiga, es ocuparme de todo lo relacionado con él. —Volvió a sacar el pañuelo como si se dispusiera a llorar, pero de pronto, como si dominara su sentimiento, se sacudió y comenzó a hablar con calma—. Pero hay algo de lo que quiero hablar con usted.

Peter Ivanovich se inclinó, manteniendo el control de los resortes del puf, que inmediatamente comenzó a temblar bajo él.

—Ha sufrido terriblemente los últimos días. ¿Lo hizo? —dijo Peter Ivanovich.

—¡Oh, terriblemente! Gritaba sin cesar, no durante minutos, sino durante horas. Durante los últimos tres días gritó sin cesar. Era insoportable. No puedo entender cómo lo soporté; se le podía oír a tres habitaciones de distancia. ¡Oh, lo que he sufrido!

—¿Es posible que estuviera consciente todo ese tiempo? —preguntó Peter Ivánovich.

—Sí —susurró ella—. Hasta el último momento. Se despidió de nosotros un cuarto de hora antes de morir, y nos pidió que nos lleváramos a Vasya.

La idea del sufrimiento de este hombre que había conocido tan íntimamente, primero como un niño alegre, luego como un compañero de escuela, y más tarde como un colega adulto, golpeó de repente a Peter Ivanovich con horror, a pesar de una desagradable conciencia de su propio disimulo y el de esta mujer. Volvió a ver ese ceño, y esa nariz presionando el labio, y sintió miedo por sí mismo.

—¡Tres días de espantosos sufrimientos y luego la muerte! Eso podría ocurrirme de repente, en cualquier momento —pensó, y por un momento se sintió aterrorizado. Pero, no sabía cómo, enseguida se le ocurrió la acostumbrada reflexión de que eso le había sucedido a Iván Ilich y no a él, y que no debía ni podía sucederle a él, y que pensar que podía hacerlo sería ceder a una depresión que no debía hacer, como lo demostraba claramente la expresión de Schwartz.

Después de esta reflexión, Peter Ivanovich se sintió tranquilo y comenzó a preguntar con interés sobre los detalles de la muerte de Iván Ilich, como si la muerte fuera un accidente natural para Iván Ilich, pero ciertamente no para él. Después de muchos detalles sobre los sufrimientos físicos realmente espantosos que había padecido Iván Ilich (detalles que él conoció solo por el efecto que esos sufrimientos habían producido en los nervios de Praskoyva Fedorovna), la viuda consideró, al parecer, necesario entrar en materia.

—¡Oh, Peter Ivanovich, qué difícil es! Qué terriblemente, terriblemente duro! —Y de nuevo se puso a llorar. Peter Ivanovich suspiró y esperó a que ella terminara de sonarse la nariz. Cuando lo hizo, dijo:

—Créame...

Y ella volvió a hablar y sacó a relucir lo que evidentemente era su principal preocupación con él, es decir, preguntarle cómo podría obtener una subvención del gobierno con motivo de la muerte de su marido. Hizo creer que le pedía consejo a Peter Ivanovich sobre su pensión, pero él pronto se dio cuenta de que ella ya conocía eso hasta el más mínimo detalle, más incluso que él mismo. Sabía cuánto podía obtener del gobierno como consecuencia de la muerte de su marido, pero quería averiguar si no podía obtener algo más. Peter Ivanovich trató de pensar en algún medio para hacerlo, pero después de reflexionar un rato y, por propiedad, condenar al gobierno por su mezquindad, dijo que creía que no se podía conseguir nada más. Entonces suspiró y evidentemente comenzó a idear los medios para deshacerse de su visitante. Al notar esto, él apagó su cigarrillo, se levantó, le apretó la mano y salió a la antesala. En el comedor, donde estaba el reloj que tanto le había gustado a Iván Ilich y que había comprado en una tienda de antigüedades, Peter Ivanovich se encontró con un sacerdote y unos cuantos conocidos que habían venido a asistir al servicio, y reconoció a la hija de Iván Ilich, una joven muy guapa. Iba de negro y su esbelta figura parecía más delgada que nunca. Tenía una expresión sombría, decidida, casi enfadada, y se inclinó ante Peter Ivanovich como si este tuviera alguna culpa. Detrás de ella, con la misma mirada ofendida, estaba un joven adinerado, un juez de instrucción, al que Peter Ivanovich también conocía y que era su prometido, según había oído. Se inclinó afligido ante ellos y se disponía a pasar a la cámara mortuoria, cuando de debajo de la escalera apareció la figura del hijo escolar de Iván Ilich, que era extremadamente parecido a su padre. Parecía un pequeño Iván Ilich, como el que Peter Ivanovich recordaba cuando estudiaban juntos derecho. Sus ojos manchados de lágrimas tenían la mirada que se ve en los ojos de los muchachos de trece o catorce años que no son de mente pura. Cuando vio a Peter Ivanovich, frunció el ceño de forma morosa y avergonzada. Peter Ivanovich le saludó con la cabeza y entró en la cámara mortuoria. El servicio comenzó: velas, gemidos, incienso, lágrimas y sollozos. Peter Ivanovich se quedó mirando sombríamente a sus pies. No miró ni una sola vez al muerto, no cedió a ninguna influencia depresiva y fue uno de los primeros en salir de la habitación. No había nadie en la antesala, pero Gerasim salió corriendo de la habitación del muerto, rebuscó con sus fuertes manos entre los abrigos de pieles hasta encontrar el de Peter Ivanovich y le ayudó a subirlo.

—Bueno, amigo Gerasim —dijo Peter Ivanovich, para decir algo—. Es un asunto triste, ¿verdad?

—Es la voluntad de Dios. Todos llegaremos a ella algún día —dijo Gerasim, mostrando sus dientes, los dientes blancos y uniformes de un campesino sano y, como un hombre en plena tarea urgente, abrió enérgicamente la puerta de entrada, llamó al cochero, ayudó a Peter Ivanovich a subir al trineo, y volvió de un salto al porche como si estuviera preparado para lo que tenía que hacer a continuación. Peter Ivanovich encontró el aire fresco especialmente agradable después del olor a incienso, al cadáver y al ácido carbólico.

—¿Adónde, señor? —preguntó el cochero.

—Aún no es demasiado tarde… Voy a llamar a Fedor Vasilievich.

En consecuencia, se dirigió hacia allí y los encontró terminando la primera goma, por lo que le resultó muy conveniente entrar.

II

La vida de Iván Ilich había sido de lo más sencilla y ordinaria y, por tanto, de lo más terrible. Había sido miembro del Tribunal de Justicia, y murió a los cuarenta y cinco años. Su padre había sido un funcionario que, después de servir en varios ministerios y departamentos de Petersburgo, había hecho el tipo de carrera que lleva a los hombres a puestos de los que, por su largo servicio, no pueden ser despedidos, aunque evidentemente no son aptos para ocupar ningún cargo de responsabilidad, y para los que, por lo tanto, se crean puestos especialmente, que, aunque ficticios, conllevan sueldos de seis a diez mil rublos que no son ficticios, y de los que viven hasta una gran edad. Tal era el consejero privado y miembro superfluo de varias instituciones superfluas, Ilya Epimovich Golovin.

Tuvo tres hijos, de los cuales Iván Ilich fue el segundo. El hijo mayor seguía los pasos de su padre solo en otro departamento, y ya se acercaba a esa etapa del servicio en la que se alcanzaría una sinecura similar. El tercer hijo era un fracaso. Había arruinado sus perspectivas en una serie de puestos y ahora estaba sirviendo en el departamento de ferrocarriles. Su padre y sus hermanos, y aún más sus esposas, no solo no querían conocerlo, sino que evitaban recordar su existencia a menos que se vieran obligados a hacerlo. Su hermana se había casado con el barón Greff, un funcionario petersburgués del tipo de su padre. Iván Ilich era *le phénix* de *la famille,* como se decía. No era tan frío y formal como su hermano mayor ni tan salvaje como el menor, sino que era un feliz término medio entre ambos: un hombre inteligente, pulido, vivo y agradable. Había estudiado con su hermano menor en la Escuela de Derecho, pero este no había logrado completar el curso y fue expulsado cuando estaba en la quinta clase. Iván Ilich terminó bien el curso. Ya en la Escuela de Derecho era lo que siguió siendo durante el resto de su vida: un hombre capaz, alegre, de buen carácter y sociable, aunque estricto en el cumplimiento de lo que consideraba su deber: y consideraba su deber lo que así consideraban los que tenían autoridad. Ni de niño ni de hombre fue un adulador, sino que desde su temprana juventud se sintió atraído por la naturaleza de las personas de alta posición como una mosca es atraída por la luz, asimilando sus formas y puntos de vista de la vida y estableciendo relaciones amistosas con ellos. Todos los entusiasmos de la infancia y la juventud pasaron sin dejar mucha huella en él; sucumbió a la sensualidad, a la vanidad y, más tarde, entre las clases más altas, al liberalismo, pero siempre dentro de los límites que su instinto le indicaba indefectiblemente como correctos.

En la escuela había hecho cosas que antes le parecían muy horribles y que le hacían sentir asco de sí mismo cuando las hacía; pero cuando más tarde vio que tales acciones las hacían personas de buena posición y que no las consideraban incorrectas, fue capaz, no exactamente de considerarlas correctas, sino de olvidarlas por completo o de no preocuparse en absoluto al recordarlas. Tras graduarse en la Escuela de Derecho y acceder al décimo grado de la administración pública, y habiendo recibido dinero de su padre para su equipamiento, Iván Ilich se encargó de vestirse en Scharmer, el sastre de moda, colgó en la cadena de su reloj un medallón con la inscripción *respice finem*, se despidió de su profesor y del príncipe mecenas de la escuela, Se despidió de su profesor y del príncipe patrocinador de la escuela, cenó con sus camaradas en el restaurante de primera clase de Donon y, con su nuevo y elegante maletín, su ropa de cama, sus ropas, sus utensilios de afeitado y de aseo, y una alfombra de viaje, todo ello comprado en las mejores tiendas, se dirigió a una de las provincias en las que, por influencia de su padre, había sido asignado al gobernador como funcionario de servicio especial.

En la provincia, Iván Ilich no tardó en conseguir un puesto tan fácil y agradable como el que había tenido en la Facultad de Derecho.

Desempeñó su tarea oficial, hizo su carrera, y al mismo tiempo se divirtió agradable y decorosamente. Ocasionalmente realizaba visitas oficiales a los distritos rurales, donde se comportaba con dignidad tanto con sus superiores como con sus inferiores, y desempeñaba las funciones que se le encomendaban, relacionadas principalmente con los sectarios, con una exactitud y una honestidad incorruptible de las que no podía sino sentirse orgulloso.

En los asuntos oficiales, a pesar de su juventud y de su gusto por la alegría frívola, era sumamente reservado, puntilloso e incluso severo; pero en sociedad era a menudo divertido e ingenioso, y siempre bondadoso, correcto en sus modales y *bon enfant*, como solían decir de él el gobernador y su esposa, con quienes era como uno más de la familia.

En la provincia tuvo un romance con una dama que se le insinuó a la joven y elegante abogada, y también hubo una sombrerera; y hubo carruseles con los ayudantes de campo que visitaban el distrito, y visitas después de la cena a cierta calle periférica de dudosa reputación; y también hubo cierta obsecuencia con su jefe e incluso con la esposa de su jefe, pero todo esto se hizo con tal tono de buena educación que no se le pudo aplicar ningún nombre duro. Todo se ajustaba a lo que dice el refrán francés: «*Il faut que jeunesse se passe*». Todo se hacía con las manos limpias, con ropa limpia, con frases francesas y, sobre todo, entre gente de la mejor sociedad y, en consecuencia, con la aprobación de personas de rango.

Así pues, Iván Ilich ejerció su cargo durante cinco años y luego llegó un cambio en su vida oficial. Se introdujeron las nuevas y reformadas instituciones judiciales, y se necesitaban nuevos hombres.

Iván Ilich se convirtió en ese nuevo hombre. Le ofrecieron el cargo de juez de instrucción, y lo aceptó aunque el puesto estaba en otra provincia y le obligó a renunciar a las conexiones que había formado y a hacer otras nuevas. Sus amigos se reunieron para despedirle, le hicieron una foto de grupo y le regalaron una pitillera de plata, y partió hacia su nuevo puesto.

Como juez de instrucción, Iván Ilich era un hombre tan *comme il faut* y decoroso, que inspiraba respeto general y era capaz de separar sus deberes oficiales de su vida privada, como lo había sido cuando actuaba como funcionario en servicio especial. Sus funciones ahora como juez de instrucción eran mucho más interesantes y atractivas que antes. En su anterior cargo había sido agradable llevar un uniforme sin vestir confeccionado por Scharmer, y atravesar la multitud de peticionarios y funcionarios que esperaban tímidamente una audiencia con el gobernador, y que le envidiaban cuando con paso libre y fácil se dirigía directamente a la sala privada de su jefe para tomar una taza de té y un cigarrillo con él. Pero entonces no había mucha gente que dependiera directamente de él —solo los funcionarios de policía y los sectarios cuando iba en misiones especiales— y le gustaba tratarlos amablemente, casi como camaradas, como si les hiciera sentir que quien tenía el poder de aplastarlos los trataba de esta manera sencilla y amistosa. Entonces había pocas personas así. Pero ahora, como juez de instrucción, Iván Ilich sentía que todos, sin excepción, incluso los más importantes y satisfechos de sí mismos, estaban en su poder, y que solo tenía que escribir unas palabras en una hoja con un determinado encabezamiento, y tal o cual persona importante y satisfecha de sí misma sería llevada ante él en el papel de acusado o de testigo, y si no decidía permitirle sentarse, tendría que estar de pie ante él y responder a sus preguntas. Iván Ilich nunca abusó de su poder; por el contrario, trató de suavizar su expresión, pero la conciencia del mismo y la posibilidad de suavizar su efecto, proporcionaron el principal interés y atractivo de su cargo. En su propio trabajo, especialmente en sus exámenes, muy pronto adquirió un método para eliminar todas las consideraciones irrelevantes para el aspecto legal del caso, y reducir incluso el caso más complicado a una forma en la que se presentaría en el papel solo en sus aspectos externos, excluyendo por completo su opinión personal sobre el asunto, mientras que, sobre todo, observaba todas las formalidades prescritas. El trabajo era nuevo e Iván Ilich fue uno de los primeros en aplicar el nuevo Código de 1864.

Al asumir el cargo de juez de instrucción en una nueva ciudad, hizo nuevas amistades y contactos, se situó en una nueva posición y asumió un tono algo diferente. Adoptó una actitud de distanciamiento bastante digna hacia las autoridades provinciales, pero eligió el mejor círculo de caballeros legales y de la alta burguesía que vivía en la ciudad y asumió un tono de ligero descontento con el gobierno, de liberalismo moderado y de ciudadanía ilustrada. Al mismo tiempo, sin alterar en absoluto la elegancia de su aseo, dejó de afeitarse la barbilla y permitió que su barba creciera a su antojo.

Iván Ilich se instaló de forma muy agradable en esta nueva ciudad. La sociedad, que se inclinaba hacia la oposición al gobernador, era amistosa, su salario era mayor y comenzó a jugar a la baraja, lo que le hizo más agradable la vida, ya que tenía capacidad para las cartas, jugaba con buen humor y calculaba con rapidez y astucia, por lo que solía ganar.

Después de vivir allí durante dos años, conoció a su futura esposa, Praskovya Fedorovna Mikhel, que era la chica más atractiva, inteligente y brillante del conjunto en el que se movía, y entre otras diversiones y relajaciones de sus labores como juez de instrucción, Iván Ilich estableció con ella relaciones ligeras y juguetonas.

Mientras había sido funcionario en servicio especial, estaba acostumbrado a bailar, pero ahora, como juez de instrucción, era excepcional que lo hiciera. Si bailaba ahora, lo hacía como para demostrar que, aunque servía bajo el orden reformado de las cosas, y había alcanzado el quinto rango oficial, cuando se trataba de bailar podía hacerlo mejor que la mayoría de la gente. Por eso, al final de la noche, a veces bailaba con Praskovya Fedorovna, y era sobre todo durante estos bailes cuando la cautivaba. Ella se enamoró de él. Iván Ilich no tenía al principio ninguna intención de casarse, pero cuando la muchacha se enamoró de él se dijo: «Realmente, ¿por qué no debería casarme?».

Praskovya Fedorovna era de buena familia, no era mal parecida y tenía algunas pequeñas propiedades. Iván Ilich podría haber aspirado a un partido más brillante, pero incluso esto era bueno. Él tenía su sueldo, y ella, esperaba, tendría unos ingresos iguales. Ella tenía buenas relaciones, y era una joven dulce, bonita y completamente correcta. Decir que Iván Ilich se casó porque se enamoró de Praskovya Fedorovna y descubrió que ella simpatizaba con su visión de la vida sería tan incorrecto como decir que se casó porque su círculo social aprobaba el matrimonio. Se dejó influir por ambas consideraciones: el matrimonio le proporcionaba satisfacción personal y, al mismo tiempo, era considerado lo correcto por los más altos cargos de su entorno. Así que Iván Ilich se casó.

Los preparativos para el matrimonio y el comienzo de la vida conyugal, con sus caricias, los nuevos muebles, la nueva vajilla y la nueva ropa blanca, fueron muy agradables hasta que su esposa quedó embarazada, de modo que Iván Ilich había empezado a pensar que el matrimonio no perjudicaría el carácter fácil, agradable, alegre y siempre decoroso de su vida, aprobado por la sociedad y considerado por él mismo como natural, sino que incluso lo mejoraría. Pero desde los primeros meses del embarazo de su esposa, algo nuevo, desagradable, deprimente e indecoroso, y del que no había forma de escapar, se manifestó inesperadamente. Su mujer, sin ninguna razón —*de gaiete de coeur*, como se expresaba Iván Ilich—, comenzó a perturbar el placer y la propiedad de su vida. Comenzó a mostrarse celosa sin motivo alguno, esperaba que él le dedicara toda su atención, le echaba en cara todo y hacía escenas groseras y maleducadas.

Al principio, Iván Ilich esperaba librarse de lo desagradable de esta situación mediante la misma relación fácil y decorosa con la vida que le había servido hasta entonces: trató de ignorar los desagradables estados de ánimo de su esposa, siguió viviendo de la manera fácil y agradable que acostumbraba, invitó a sus amigos a su casa para jugar a las cartas, y también trató de salir a su club o de pasar las noches con sus amigos. Pero un día su mujer empezó a reñirle con tanta vehemencia, utilizando palabras tan groseras, y continuó abusando de él cada vez que no satisfacía sus exigencias, con tanta decisión y con una determinación tan evidente de no ceder hasta que se sometiera, es decir, hasta que se quedara en casa y se aburriera igual que ella. Se dio cuenta de que el matrimonio, en todo caso con Praskovya Fedorovnano siempre conducía a los placeres y a las comodidades de la vida, sino que, por el contrario, a menudo atentaba contra la comodidad y el decoro, y que, por lo tanto, debía atrincherarse contra tal infracción. E Iván Ilich comenzó a buscar los medios para hacerlo. Sus deberes oficiales eran lo único que imponía a Praskovya Fedorovna, y por medio de su trabajo oficial y los deberes vinculados a él comenzó a luchar con su esposa para asegurar su propia independencia.

Con el nacimiento de su hijo, los intentos de alimentarlo y los diversos fracasos al hacerlo, y con las enfermedades reales e imaginarias de la madre y del niño, en las que se exigía la simpatía de Iván Ilich, pero de las que no entendía nada, se hizo aún más imperiosa la necesidad de asegurarse una existencia fuera de su vida familiar.

A medida que su esposa se volvía más irritable y exigente e Iván Ilich transfería el centro de gravedad de su vida cada vez más a su trabajo oficial, también le gustaba más su trabajo y se volvía más ambicioso que antes.

Muy pronto, un año después de su boda, Iván Ilich se dio cuenta de que el matrimonio, aunque puede añadir algunas comodidades a la vida, es en realidad un asunto muy intrincado y difícil hacia el cual, para cumplir con el deber, es decir, para llevar una vida decorosa aprobada por la sociedad, hay que adoptar una actitud definida al igual que hacia los deberes oficiales.

E Iván Ilich desarrolló tal actitud hacia la vida matrimonial. Solo exigía de ella las comodidades; cena en casa, ama de casa y cama que podía proporcionarle y, sobre todo, la corrección de las formas externas exigida por la opinión pública. Por lo demás, buscaba el placer desenfadado y la corrección, y estaba muy agradecido cuando los encontraba, pero si se encontraba con el antagonismo y la querella, se retiraba inmediatamente a su mundo separado y cercado de los deberes oficiales, donde encontraba satisfacción.

Iván Ilich era considerado un buen funcionario, y al cabo de tres años fue nombrado fiscal adjunto. Sus nuevas funciones, su importancia, la posibilidad de acusar y encarcelar a quien quisiera, la publicidad que recibían sus discursos y el éxito que tenía en todo ello, hacían su trabajo aún más atractivo.

Llegaron más hijos. Su mujer se volvía cada vez más gruñona y malhumorada, pero la actitud que Iván Ilich había adoptado hacia su vida hogareña lo hacía casi insensible a sus quejas. Después de siete años de servicio en esa ciudad, fue trasladado a otra provincia como fiscal. Se mudaron, pero estaban escasos de dinero y a su esposa no le gustó el lugar al que se trasladaron. Aunque el salario era más alto, el coste de la vida era mayor, además de que dos de sus hijos murieron y la vida familiar se hizo aún más desagradable para él.

Praskovya Fedorovna culpaba a su marido de todos los inconvenientes que encontraban en su nuevo hogar. La mayoría de las conversaciones entre marido y mujer, sobre todo en lo que se refiere a la educación de los hijos, desembocaban en temas que recordaban antiguas disputas, y estas disputas eran susceptibles de reaparecer en cualquier momento. Solo quedaban esos raros periodos de amorío que aún les llegaban a veces, pero que no duraban mucho. Eran islotes en los que se anclaban por un tiempo y luego volvían a surcar ese océano de hostilidad velada que se manifestaba en su distanciamiento. Este distanciamiento podría haber apenado a Iván Ilich si hubiera considerado que no debía existir, pero ahora consideraba la posición como normal, e incluso la convirtió en la meta a la que aspiraba en la vida familiar. Su objetivo era liberarse cada vez más de esos disgustos y darles una apariencia de inofensividad y corrección. Lo conseguía pasando cada vez menos tiempo con su familia, y cuando se veía obligado a estar en casa trataba de salvaguardar su posición con la presencia de personas ajenas a ella. Sin embargo, lo principal era que tenía sus deberes oficiales. Todo el interés de su vida se centraba ahora en el mundo oficial y ese interés le absorbía. La conciencia de su poder, el ser capaz de arruinar a quien quisiera, la importancia, incluso la dignidad externa de su entrada en la corte, o de las reuniones con sus subordinados, su éxito con los superiores e inferiores, y sobre todo su manejo magistral de los casos, de los que era consciente, todo esto le daba placer y llenaba su vida, junto con las charlas con sus colegas, las cenas y el bridge. Así que, en general, la vida de Iván Ilich seguía fluyendo como él consideraba que debía hacerlo: de forma agradable y adecuada.

Así continuaron las cosas durante otros siete años. Su hija mayor tenía ya dieciséis años, otro hijo había muerto, y solo quedaba un hijo, escolar y objeto de disensiones. Iván Ilich quería ponerlo en la Escuela de Derecho, pero para fastidiarlo Praskovya Fedorovna lo inscribió en el Liceo. La hija había sido educada en casa y había salido bien: el niño tampoco aprendió mal.

III

Así vivió Iván Ilich durante diecisiete años después de su matrimonio. Ya era un fiscal de larga trayectoria, y había rechazado varios traslados propuestos a la espera de un puesto más deseable, cuando un suceso imprevisto y desagradable alteró bastante el tranquilo curso de su vida. Esperaba que le ofrecieran el puesto de juez presidente en una ciudad universitaria, pero Happe se adelantó y obtuvo el nombramiento en su lugar. Iván Ilich se irritó, reprochó a Happe y se peleó con él y con sus superiores inmediatos, que se volvieron más fríos con él y volvieron a pasar de largo cuando se hicieron otros nombramientos.

Esto ocurrió en 1880, el año más duro de la vida de Iván Ilich. Fue entonces cuando se hizo evidente, por un lado, que su salario era insuficiente para vivir, y por otro, que había sido olvidado, y no solo esto, sino que lo que para él era la mayor y más cruel injusticia, parecía a los demás un hecho bastante ordinario. Ni siquiera su padre consideraba un deber ayudarle. Iván Ilich se sentía abandonado por todos, y que consideraban su posición con un sueldo de 3.500 rublos como algo bastante normal e incluso afortunado. Solo él sabía que con la conciencia de las injusticias cometidas contra él, con los incesantes regaños de su mujer y con las deudas que había contraído por vivir por encima de sus posibilidades, su situación distaba mucho de ser normal.

Para ahorrar dinero ese verano obtuvo una licencia y se fue con su mujer a vivir al campo, a casa de su hermano. En el campo, sin su trabajo, experimentó por primera vez en su vida el hastío, y no solo el hastío sino una intolerable depresión, y decidió que era imposible seguir viviendo así, y que era necesario tomar medidas enérgicas. Después de pasar una noche en vela paseando de arriba a abajo por la veranda, decidió ir a Petersburgo y esforzarse, para castigar a los que no le habían apreciado y conseguir el traslado a otro ministerio.

Al día siguiente, a pesar de las numerosas protestas de su mujer y de su hermano, partió hacia Petersburgo con el único objetivo de obtener un puesto con un sueldo de cinco mil rublos al año. Ya no estaba empeñado en ningún departamento, ni en ninguna tendencia, ni en ningún tipo de actividad. Todo lo que quería era un nombramiento para otro puesto con un sueldo de cinco mil rublos, ya fuera en la administración, en los bancos, en los ferrocarriles, en una de las instituciones de la emperatriz Marya, o incluso en las aduanas, pero tenía que llevar consigo un sueldo de cinco mil rublos y estar en un ministerio distinto de aquel en el que no le habían apreciado.

Y esta búsqueda de Iván Ilich se vio coronada por un éxito notable e inesperado. En Kursk, un conocido suyo, F. I. Ilyin, subió al vagón de primera clase, se sentó al lado de Iván Ilich y le habló de un telegrama que acababa de recibir el gobernador de Kursk anunciando que iba a producirse un cambio en el ministerio: Peter Ivanovich iba a ser sustituido por Iván Semonovich.

El cambio propuesto, aparte de su importancia para Rusia, tenía una significación especial para Iván Ilich, pues al presentarse un nuevo hombre, Peter Petróvich, y por consiguiente su amigo Zachar Ivanovich, era muy favorable para Iván Ilich, ya que Sachar Ivanovich era amigo y colega suyo.

En Moscú se confirmó esta noticia, y al llegar a Petersburgo Iván Ilich encontró a Zachar Ivanovich y recibió la promesa definitiva de un nombramiento en su antiguo Departamento de Justicia. Una semana después telegrafió a su esposa:

Zachar en el lugar de Miller.
Recibiré el nombramiento al presentar el informe.

Gracias a este cambio de personal, Iván Ilich había obtenido inesperadamente un nombramiento en su antiguo ministerio que le situaba dos estados por encima de sus antiguos colegas, además de darle cinco mil rublos de sueldo y tres mil quinientos rublos para los gastos relacionados con su traslado. Todo su mal humor hacia sus antiguos enemigos y hacia todo el departamento se desvaneció, e Iván Ilich fue completamente feliz.

Volvió al país más alegre y contento de lo que había estado en mucho tiempo. Praskovya Fedorovna también se animó y se acordó una tregua entre ellos. Iván Ilich contó cómo había sido agasajado por todos en Petersburgo, cómo todos los que habían sido sus enemigos habían sido avergonzados y ahora lo adulaban, cuánta envidia tenían por su nombramiento y cuánto le había gustado a todo el mundo en Petersburgo.

Praskovya Fedorovna escuchó todo esto y pareció creerlo. No contradijo nada, sino que se limitó a hacer planes para su vida en la ciudad a la que iban. Iván Ilich vio con alegría que estos planes eran los suyos, que él y su mujer estaban de acuerdo, y que, después de un tropiezo, su vida recuperaba su debido y natural carácter de agradable desenfado y decoro.

Iván Ilich había regresado solo por poco tiempo, pues debía asumir sus nuevas funciones el 10 de septiembre. Además, necesitaba tiempo para instalarse en el nuevo lugar, para trasladar todas sus pertenencias desde la provincia, y para comprar y encargar muchas cosas adicionales: en una palabra, para hacer los arreglos que había decidido, que eran casi exactamente los que había decidido también Praskovya Fedorovna.

Ahora que todo había sucedido tan afortunadamente, y que él y su esposa coincidían en sus objetivos y, además, se veían tan poco, se llevaban mejor que desde los primeros años de matrimonio. Iván Ilich había pensado en llevarse a su familia de inmediato, pero la insistencia del hermano de su esposa y de su cuñada, que de repente se habían vuelto especialmente amables y cordiales con él y su familia, le indujeron a partir solo.

Así que partió, y el estado de ánimo alegre inducido por su éxito y por la armonía entre su esposa y él, la una intensificando la otra, no le abandonó. Encontró una casa encantadora, justo lo que él y su esposa habían soñado. Amplios y elevados salones de recepción al estilo antiguo, un estudio cómodo y digno, habitaciones para su mujer y su hija, un estudio para su hijo... podría haber sido construido especialmente para ellos. El propio Iván Ilich supervisó los arreglos, eligió los papeles pintados, completó el mobiliario (preferentemente con antigüedades que consideraba particularmente *comme il faut*) y supervisó el tapizado. Todo avanzaba y progresaba y se acercaba al ideal que él mismo se había propuesto: incluso cuando las cosas estaban solo a medias, superaban sus expectativas. Vio el carácter refinado y elegante, libre de vulgaridad, que tendría todo cuando estuviera listo. Al quedarse dormido, se imaginó cómo sería el salón. Mirando el salón aún inacabado, pudo ver la chimenea, el biombo, las sillas pequeñas salpicadas aquí y allá, la vajilla y los platos en las paredes, y los bronces, tal como estarían cuando todo estuviera en su sitio. Le complacía pensar en cómo les impresionaría a su mujer y a su hija, que compartían su gusto en esta materia. Desde luego, no esperaban tanto. Había tenido especial éxito en encontrar, y comprar a bajo precio, antigüedades que daban un carácter particularmente aristocrático a todo el lugar. Pero en sus cartas lo subestimaba todo intencionadamente para poder sorprenderlos. Todo esto le absorbía tanto que sus nuevas obligaciones —aunque le gustaba su trabajo *oficialle*— interesaban menos de lo que esperaba. A veces incluso tenía momentos de despiste durante las sesiones de la corte y se planteaba

si debía tener cornisas rectas o curvas para sus cortinas. Estaba tan interesado en todo ello que a menudo
hacía las cosas él mismo, reordenando los muebles o
volviendo a colgar las cortinas. Una vez, al subir a una
escalera para mostrarle al tapicero, que no entendía,
cómo quería que se colgaran las cortinas, dio un paso
en falso y resbaló, pero como era un hombre fuerte
y ágil, se aferró y solo se golpeó el costado contra el
pomo del marco de la ventana. El lugar magullado era
doloroso, pero el dolor pasó pronto, y se sintió particularmente brillante y bien en ese momento. Escri-
bió: «Me siento quince años más joven». Pensó que lo
tendría todo listo en septiembre, pero se alargó hasta
mediados de octubre. Pero el resultado fue encantador
no solo a sus ojos, sino a los de todos los que lo vieron.

En realidad, era justo lo que suele verse en las casas
de personas de medios moderados que quieren parecer
ricas, y que, por tanto, solo consiguen parecerse a otras
como ellas: hay damascos, madera oscura, plantas, al-
fombras y bronces apagados y pulidos; todas las cosas
que tiene la gente de cierta clase para parecerse a otras
personas de esa clase. Su casa era tan parecida a las
demás que nunca habría llamado la atención, pero a él
todo le parecía excepcional. Se sentía muy feliz cuando recibía a su familia en la estación y los llevaba a la
casa recién amueblada e iluminada, donde un lacayo
con corbata blanca les abría la puerta en el vestíbulo
decorado con plantas, y cuando pasaban al salón y al
estudio profiriendo exclamaciones de deleite. Los condujo a todas partes, se dejó llevar por sus elogios con
entusiasmo y sonrió con placer. Aquella tarde, durante

el té, cuando Praskovya Fedorovna, entre otras cosas, le preguntó por su caída, él se rió y les mostró cómo había salido volando y había asustado al tapicero.

—Menos mal que soy un poco atleta. Otro hombre podría haberse matado, pero yo me limité a golpearme, justo aquí; me duele al tocarme, pero ya se me está pasando; es solo un moratón.

Así que empezaron a vivir en su nueva casa en la que, como siempre ocurre, cuando se instalaron del todo se encontraron con que solo les faltaba una habitación y con el aumento de los ingresos, que como siempre era un poco (unos quinientos rublos) demasiado poco, pero todo era muy bonito.

Las cosas fueron particularmente bien al principio, antes de que todo estuviera finalmente arreglado y mientras aún quedaba algo por hacer: esta cosa comprada, aquella otra ordenada, otra trasladada y otra ajustada. Aunque hubo algunas disputas entre el marido y la mujer, ambos estaban tan bien satisfechos y tenían tanto que hacer que todo transcurrió sin ninguna disputa seria. Cuando no quedaba nada por arreglar, todo se volvía más bien aburrido y parecía faltar algo, pero entonces hacían amistades, formaban hábitos y la vida se hacía más plena.

Iván Ilich pasaba las mañanas en el tribunal y volvía a casa para cenar, y al principio estaba generalmente de buen humor, aunque de vez en cuando se irritaba solo por su casa (cada mancha en el mantel o en la tapicería, y cada cuerda rota de la persiana, le irritaban. Había dedicado tantos esfuerzos a arreglarlo todo, que cualquier alteración de la misma le angustiaba). Pero, en general, su vida transcurría como él creía que debía hacerlo: de forma fácil, agradable y decorosa. Se levantaba a las nueve, se tomaba el café, leía el periódico, y luego se ponía el uniforme de gala y se dirigía al juzgado. Allí el arnés con el que trabajaba ya se había estirado a su medida y se lo ponía sin problemas: peticionarios, consultas en la cancillería, la propia cancillería y las sesiones públicas y administrativas. En todo esto se trataba de excluir todo lo fresco y vital, que siempre perturba el curso regular de los asuntos oficiales, y de admitir solo las relaciones oficiales con las personas, y entonces solo por motivos oficiales. Un hombre venía, por ejemplo, a pedir información. Iván Ilich, como alguien en cuya esfera no se encontraba el asunto, no tendría nada que ver con él: pero si el hombre tenía algún asunto con él en su capacidad oficial, algo que pudiera expresarse en papel sellado oficialmente, haría todo, positivamente todo lo que pudiera dentro de los límites de tales relaciones, y al hacerlo mantendría la apariencia de relaciones humanas amistosas, es decir, observaría las cortesías de la vida. Tan pronto como las relaciones oficiales terminaban, también lo hacía todo lo demás. Iván Ilich poseía esta capacidad de separar su vida real del lado oficial de los asuntos y de no mezclar ambos, en el más alto grado, y mediante una larga práctica y una aptitud natural la había llevado a tal nivel que a veces, a la manera de un virtuoso, se permitía incluso dejar que las relaciones humanas y las oficiales se mezclaran. Se permitía hacerlo solo porque sentía que en cualquier momento podía retomar la actitud estrictamente oficial y abandonar la relación humana, y lo hacía todo con facilidad, de forma agradable, correcta e incluso artística. En los intervalos entre las sesiones fumaba, bebía té, charlaba un poco de política, un poco de temas generales, un poco de cartas, pero sobre todo de citas oficiales. Cansado, pero con la sensación de un virtuoso —uno de los primeros violines que ha tocado con precisión su parte en una orquesta—, volvía a casa y se encontraba con que su mujer y su hija habían salido a pagar las visitas, o tenían visita, y que su hijo había ido a la escuela, había hecho los deberes con su tutor, y seguramente estaba aprendiendo lo que se enseña en los institutos. Todo era como debía ser. Después de la cena, si no tenían visitas, Iván Ilich leía a veces un libro del que se hablaba mucho en ese momento, y por la noche se ponía a trabajar, es decir, a leer papeles oficiales, a comparar las declaraciones de los testigos y a anotar los párrafos del Código que se les aplicaban. Esto no era ni aburrido ni divertido. Era aburrido cuando podría haber jugado al bridge, pero si no había bridge era, en cualquier caso, mejor que no hacer nada o sentarse con su mujer. El principal placer de Iván Ilich era dar pequeñas cenas a las que invitaba a hombres y mujeres de buena posición social, y así como su salón se parecía a todos los demás salones, sus agradables fiestecitas se parecían a todas las demás.

Una vez incluso dieron un baile. Iván Ilich lo disfrutó y todo salió bien, excepto que dio lugar a una violenta disputa con su esposa por los pasteles y los dulces. Praskovya Fedorovna había hecho sus propios planes, pero Iván Ilich insistió en conseguir todo de un costoso confitero y pidió demasiados pasteles, y la disputa se produjo porque algunos de esos pasteles sobraron y la factura del confitero ascendió a cuarenta y cinco rublos. Fue una gran y desagradable disputa. Praskovya Fedorovna le llamó «tonto e imbécil» —y él se agarró la cabeza e hizo airadas alusiones al divorcio.

Pero el baile en sí había sido agradable. La mejor gente estaba allí, e Iván Ilich había bailado con la princesa Trufonova, una hermana del distinguido fundador de la Sociedad «Lleva mi carga». Los placeres relacionados con su trabajo eran los de la ambición; los sociales, los de la vanidad; pero el mayor placer de Iván Ilich era jugar al bridge. Reconocía que, independientemente de cualquier incidente desagradable que ocurriera en su vida, el placer que brillaba como un rayo de luz por encima de todo lo demás era sentarse a jugar al bridge con buenos jugadores, no con compañeros ruidosos, y, por supuesto, al bridge a cuatro manos (con cinco jugadores era molesto tener que sobresalir, aunque uno fingía que no le importaba), jugar una partida inteligente y seria (cuando las cartas lo permitían) y luego cenar y beber un vaso de vino. Después de una partida de bridge, sobre todo si había ganado un poco (ganar una gran suma era desagradable), Iván Ilich se iba a la cama con un humor especialmente bueno.

Así vivían. Formaron un círculo de conocidos entre las mejores personas y recibieron la visita de gente importante y de jóvenes. El marido, la mujer y la hija estaban totalmente de acuerdo en sus opiniones sobre los conocidos, y tácita y unánimemente se mantenían a distancia y se libraban de los diversos amigos y parientes de mala muerte que, con muchas muestras de afecto, entraban a borbotones en el salón con sus platos japoneses en las paredes. Pronto estos amigos de pacotilla dejaron de importunar y en el conjunto de los Golovin solo quedó la mejor gente.

Los jóvenes se reconciliaron con Lisa, y Petrishchev, juez de instrucción e hijo y único heredero de Dimitri Ivanovich Petrishchev, empezó a mostrarse tan atento con ella que Iván Ilich ya había hablado con Praskovya Fedorovna al respecto, y consideraba si no debían organizar una fiesta para ellos, o montar algún teatro privado.

Así vivían, y todo iba bien, sin cambios, y la vida fluía agradablemente.

IV

Todos gozaban de buena salud. No podía llamarse mala salud si Iván Ilich decía a veces que tenía un sabor extraño en la boca y sentía algunas molestias en el costado izquierdo. Pero estas molestias aumentaron y, aunque no eran exactamente dolorosas, se convirtieron en una sensación de presión en el costado acompañada de mal humor. Y su irritabilidad fue empeorando y empezó a estropear la vida agradable, fácil y correcta que se había establecido en la familia Golovin. Las peleas entre marido y mujer se hicieron cada vez más frecuentes, y pronto la facilidad y la amenidad desaparecieron e incluso el decoro se mantuvo a duras penas. Las escenas volvieron a ser frecuentes, y quedaron muy pocos de aquellos islotes en los que marido y mujer podían reunirse sin estallar. Praskovya Fedorovna tenía ahora buenas razones para decir que el temperamento de su marido estaba en peligro. Con la exageración que la caracterizaba, decía que él siempre había tenido un temperamento terrible, y que había necesitado todo su buen carácter para soportarlo durante veinte años. Era cierto que ahora las peleas las iniciaba él. Sus arrebatos siempre se producían justo antes de la cena, a menudo cuando empezaba a tomar la sopa. A veces se daba cuenta de que un plato o una fuente estaban astillados, o que la comida no estaba bien, o que su hijo ponía el codo en la mesa, o que el pelo de su hija no estaba peinado como a él le gustaba, y de todo ello culpaba a Praskovya Fedorovna. Al principio, ella replicaba y le decía cosas desagradables, pero una o dos veces él cayó en tal cólera al comienzo de la cena que ella se dio cuenta de que se debía a algún trastorno físico provocado por la ingesta de alimentos, por lo que se contuvo y no contestó, sino que se apresuró a terminar la cena. Ella consideraba esta autocontención como algo muy loable. Tras llegar a la conclusión de que su marido tenía un carácter espantoso y le hacía la vida imposible, empezó a sentir lástima de sí misma, y cuanto más se compadecía, más odiaba a su marido. Empezó a desear que se muriera; pero no quería que se muriera porque entonces se acabaría su sueldo. Y esto la irritaba aún más contra él. Se consideraba terriblemente desgraciada solo porque ni siquiera su muerte podía salvarla, y aunque ocultaba su exasperación, esa exasperación oculta de ella aumentaba también la irritación de él. Después de una escena en la que Iván Ilich había sido particularmente injusto y tras la cual él había dicho en explicación que ciertamente estaba irritable, pero que se debía a que no estaba bien, ella dijo que si estaba enfermo debía ser atendido, e insistió en que fuera a ver a un célebre médico. Él fue. Todo sucedió como él esperaba y como siempre. Hubo la habitual espera y el aire de importancia que asumía el médico, con el que estaba tan familiarizado (parecido al que él mismo asumía en el tribunal), y el sonar y escuchar, y las preguntas que exigían respuestas que eran conclusiones previsibles y evidentemente innecesarias, y la mirada de importancia que implicaba que «si solo se pone en nuestras manos lo arreglaremos todo; sabemos indudablemente cómo hay que hacerlo, siempre de la misma manera para todos por igual». Todo era igual que en los tribunales. El médico se dirigía a él con el mismo aire que él mismo se dirigía a un acusado.

El médico decía que fulano de tal indicaba que había fulano de tal dentro del paciente, pero si la investigación de fulano de tal no lo confirmaba, entonces debía suponer eso y aquello. Si suponía eso y aquello, entonces... y así sucesivamente. Para Iván Ilich solo era importante una pregunta: ¿su caso era grave o no? Pero el médico ignoró esa pregunta inoportuna. Desde su punto de vista no era la que se estaba considerando, la verdadera cuestión era decidir entre un riñón flotante, un catarro crónico o una apendicitis. No se trataba de la vida o la muerte de Iván Ilich, sino de decidir entre un riñón flotante y una apendicitis. Y el médico resolvió brillantemente, según le pareció a Iván Ilich, a favor del apéndice, con la reserva de que si un examen de la orina daba nuevos indicios se reconsideraría el asunto. Todo esto era justamente lo que el propio Iván Ilich había realizado brillantemente mil veces al tratar con los hombres en juicio. El médico resumió con la misma brillantez, mirando por encima de sus gafas de manera triunfal e incluso alegre al acusado. Del resumen del médico, Iván Ilich concluyó que las cosas estaban mal, pero que para el médico, y quizá para todos los demás, era una cuestión indiferente, aunque para él era malo. Y esta conclusión le impactó dolorosamente, despertando en él un gran sentimiento de lástima por sí mismo y de amargura hacia la indiferencia del médico ante un asunto de tanta importancia.

No dijo nada de esto, sino que se levantó, puso los honorarios del médico sobre la mesa y comentó con un suspiro:

—Nosotros, los enfermos, solemos hacer preguntas inapropiadas. Pero dígame, en general, si esta dolencia es peligrosa o no…

El médico le miró severamente por encima de sus gafas con un ojo, como si dijera:

—Prisionero, si no se atiene a las preguntas que se le formulan, me veré obligado a hacer que se retire de la sala.

—Ya le he dicho lo que considero necesario y adecuado. El análisis puede mostrar algo más —y el médico se inclinó.

Iván Ilich salió lentamente, se sentó desconsoladamente en su trineo y se dirigió a su casa. Durante todo el trayecto repasó lo que había dicho el médico, tratando de traducir aquellas complicadas y oscuras frases científicas a un lenguaje sencillo y encontrar en ellas una respuesta a la pregunta:

—¿Es malo mi estado? ¿Es muy grave? ¿O todavía no hay nada malo? —Y le pareció que el significado de lo que había dicho el médico era que estaba muy mal.

Todo en las calles parecía deprimente. Los taxistas, las casas, los transeúntes y las tiendas, eran lúgubres.

Su dolor, ese dolor sordo que no cesaba ni un momento, parecía haber adquirido un significado nuevo y más grave a partir de las dudosas observaciones del médico. Iván Ilich lo observaba ahora con un sentimiento nuevo y opresivo.

Llegó a su casa y comenzó a contárselo a su mujer. Ella le escuchó, pero en medio de su relato entró su hija con el sombrero puesto, dispuesta a salir con su madre. Se sentó de mala gana para escuchar esta tediosa historia, pero no pudo aguantar mucho tiempo, y su madre tampoco le escuchó hasta el final.

—Bueno, me alegro mucho —dijo ella—. Ahora acuérdate de tomar tu medicina con regularidad. Dame la receta y enviaré a Gerasim a la farmacia.

Y fue a prepararse para salir. Mientras ella estaba en la habitación, Iván Ilich apenas se había tomado tiempo para respirar, pero suspiró profundamente cuando ella salió de ella.

—Bueno —pensó—, quizás no sea tan malo después de todo. Comenzó a tomar su medicina y a seguir las indicaciones del médico, que habían sido modificadas tras el examen de la orina, pero entonces sucedió que había una contradicción entre las indicaciones extraídas del examen de la orina y los síntomas que se manifestaban. Resultó que lo que ocurría difería de lo que el médico le había dicho, y que este había olvidado o metido la pata, o le había ocultado algo. Sin embargo, no se le podía culpar por ello, e Iván Ilich seguía obedeciendo implícitamente sus órdenes y al principio se sentía reconfortado por ello.

A partir de su visita al médico, la principal ocupación de Iván Ilich fue el cumplimiento exacto de las instrucciones del médico en cuanto a la higiene y la toma de medicamentos, y la observación de sus dolores y sus excreciones. Su principal interés pasó a ser las dolencias y la salud de la gente. Cuando se mencionaban en su presencia enfermedades, muertes o recuperaciones, especialmente cuando la enfermedad se parecía a la suya, escuchaba con una agitación que trataba de ocultar, hacía preguntas y aplicaba lo que oía a su propio caso.

El dolor no disminuía, pero Iván Ilich se esforzaba por obligarse a pensar que estaba mejor. Y podía hacerlo mientras nada lo agitara. Pero en cuanto tenía algún disgusto con su mujer, alguna falta de éxito en su trabajo oficial, o echaba malas cartas en el bridge, se daba cuenta enseguida de su enfermedad. Antes había soportado esos contratiempos, con la esperanza de ajustar pronto lo que estaba mal, de dominarlo y alcanzar el éxito, o de hacer un *Grand Slam*. Pero ahora cada desgracia lo trastornaba y lo sumía en la desesperación. Se decía a sí mismo: «Ahora, justo cuando empezaba a mejorar y la medicina había empezado a hacer efecto, llega esta maldita desgracia, o malestar...» Y se enfureció con el infortunio, o con las personas que le causaban el malestar y lo mataban, pues sentía que esa furia lo mataba, pero no podía contenerla. Uno habría pensado que debería haber estado claro para él que esta exasperación con las circunstancias y las personas agravaba su enfermedad, y que por lo tanto debería ignorar los sucesos desagradables. Pero sacó la conclusión contraria: dijo que necesitaba la paz, y que vigilaba todo lo que pudiera perturbarla y se irritaba a la menor infracción de la misma. Su estado empeoraba por el hecho de que leía libros de medicina y consultaba a los médicos. El progreso de su enfermedad era tan gradual que podía engañarse a sí mismo al comparar un día con otro, ya que la diferencia era muy pequeña. Pero cuando consultaba a los médicos le parecía que empeoraba, e incluso muy rápidamente. Sin embargo, a pesar de ello, los consultaba continuamente.

Ese mes fue a ver a otra celebridad, que le dijo casi lo mismo que la primera, pero planteó sus preguntas de manera bastante diferente, y la entrevista con esta celebridad no hizo más que aumentar las dudas y los temores de Iván Ilich. Un amigo de un amigo suyo, un médico muy bueno, le diagnosticó la enfermedad de nuevo de forma bastante diferente a los otros, y aunque le predijo la recuperación, sus preguntas y suposiciones desconcertaron aún más a Iván Ilich y aumentaron sus dudas. Un homeópata diagnosticó la enfermedad de otra manera y le recetó un medicamento que Iván Ilich tomó en secreto durante una semana. Pero al cabo de una semana, sin sentir ninguna mejoría y habiendo perdido la confianza tanto en el tratamiento del médico anterior como en el de este, se desanimó aún más. Un día, una conocida le habló de una curación efectuada por un icono maravilloso. Iván Ilich se sorprendió a sí mismo escuchando atentamente y empezando a creer que había ocurrido. Este incidente le alarmó. «¿Se ha debilitado realmente mi mente hasta tal punto? —se preguntó—. ¡Tonterías! Todo son tonterías. No debo ceder a los temores nerviosos, sino que, habiendo elegido un médico, debo seguir estrictamente su tratamiento. Eso es lo que haré. Ahora todo está resuelto. No voy a pensar en ello, sino que seguiré el tratamiento seriamente hasta el verano, y entonces veremos. A partir de ahora no debe haber más vacilaciones». Lo cual era fácil de decir pero imposible de llevar a cabo. El dolor en el costado le oprimía y parecía empeorar y volverse más incesante, mientras que el sabor de su boca se volvía cada vez más extraño. Le parecía que su aliento tenía un olor repugnante, y era consciente de la pérdida de apetito y de fuerzas. No podía engañarse a sí mismo: algo terrible, nuevo y más importante que cualquier otra cosa en su vida, estaba ocurriendo en su interior y solo él era consciente de ello. Los que le rodeaban no lo entendían o no querían entenderlo, sino que pensaban que todo en el mundo seguía como siempre. Eso atormentaba a Iván Ilich más que nada. Veía que en su casa, especialmente su mujer y su hija, que estaban en un perfecto torbellino de visitas, no entendían nada de aquello y les molestaba que estuviera tan deprimido y tan exigente, como si él tuviera la culpa de ello. Aunque intentaban disimularlo, él veía que era un obstáculo en su camino, y que su mujer había adoptado una línea definida con respecto a su enfermedad y se mantenía en ella independientemente de cualquier cosa que él dijera o hiciera. Su actitud era la siguiente:

—Ya sabéis —decía a sus amigos—, Iván Ilich no puede hacer lo mismo que los demás y seguir el tratamiento que le han prescrito. Un día se toma las gotas, sigue estrictamente la dieta y se acuesta a tiempo, pero al día siguiente, si no lo vigilo, se olvida repentinamente de la medicina, come esturión —que está prohibido— y se sienta a jugar a las cartas hasta la una de la madrugada.

—Oh, vamos, ¿cuándo fue eso? —preguntaba Iván Ilich con disgusto—. Solo una vez en casa de Peter Ivánovich.

—Y ayer con Shebek.

—Bueno, aunque no me hubiera quedado despierto, este dolor no me hubiera dejado dormir.

—Sea como fuere, nunca te pondrás bien así, sino que siempre nos harás desgraciados.

La actitud de Praskovya Fedorovna ante la enfermedad de Iván Ilich, tal como la expresaba tanto a los demás como a él, era que esta era culpa suya y constituía otra de las molestias que le causaba. Iván Ilich sentía que esta opinión se le escapaba involuntariamente, pero eso no le facilitaba las cosas.

También en el juzgado, Iván Ilich notó, o creyó notar, una extraña actitud hacia sí mismo. A veces le parecía que la gente lo observaba inquisitivamente como a un hombre cuya plaza podría quedar pronto vacante. Por otra parte, sus amigos comenzaban de pronto a reñirle amistosamente por su bajo estado de ánimo, como si lo horrible, lo inaudito que le ocurría en su interior, que le roía incesantemente y le arrastraba irresistiblemente, fuera un tema muy agradable para las bromas. Schwartz, en particular, le irritaba por su jocosidad, vivacidad y saber estar, que le recordaban lo que él mismo había sido diez años atrás.

Los amigos vinieron a formar un conjunto y se sentaron a jugar a las cartas. Repartieron, doblando las nuevas cartas para suavizarlas, y él ordenó los diamantes en su mano y descubrió que tenía siete. Su compañero dijo «no hay triunfo» y le apoyó con dos diamantes. ¿Qué más se puede desear? Debería ser alegre y animado. Harían un *Grand Slam*. Pero, de repente, Iván Ilich fue consciente de ese dolor punzante, de ese sabor de boca, y le pareció ridículo que, en tales circunstancias, se alegrara de hacer un *Grand Slam*.

Miró a su compañero Mijail Mijáilovich, que golpeó la mesa con su fuerte mano y, en lugar de arrebatar las bazas, empujó las cartas cortés e indulgentemente hacia Iván Ilich para que tuviera el placer de recogerlas sin la molestia de estirar la mano por ellas.

«¿Cree que soy demasiado débil para estirar el brazo?» —pensó Iván Ilich, y olvidándose de lo que estaba haciendo, se pasó de bazas con su compañero, perdiendo el *Grand Slam* por tres bazas. Y lo más terrible de todo fue que vio lo molesto que estaba Mijaíl Mijáilovich por ello, pero no le importó. Y era terrible darse cuenta de por qué no le importaba.

Todos vieron que estaba sufriendo, y dijeron: «Podemos parar si estás cansado. Descansa». ¿Acostarse? No, no estaba en absoluto cansado, y terminó la goma. Todos estaban sombríos y silenciosos. Iván Ilich sintió que había difundido esta pesadumbre sobre ellos y que no podía disiparla. Cenaron y se marcharon, e Iván Ilich se quedó solo con la conciencia de que su vida estaba envenenada y envenenaba la de los demás, y que este veneno no se debilitaba sino que penetraba cada vez más profundamente en todo su ser.

Con esta conciencia, y con el dolor físico además del terror, debía irse a la cama, a menudo para permanecer despierto la mayor parte de la noche. A la mañana siguiente debía levantarse de nuevo, vestirse, ir al juzgado, hablar y escribir; o si no salía, pasar en casa esas veinticuatro horas del día que eran una tortura. Y tenía que vivir así, solo, al borde de un abismo, sin nadie que lo comprendiera o se compadeciera de él.

V

Pasó un mes y luego otro. Justo antes del Año Nuevo su cuñado llegó a la ciudad y se quedó en su casa. Iván Ilich estaba en el juzgado y Praskovya Fedorovna había ido de compras. Cuando Iván Ilich llegó a casa y entró en su estudio, encontró allí a su cuñado, un hombre sano y florido, que estaba desempaquetando él mismo su maletín. Levantó la cabeza al oír los pasos de Iván Ilich y lo miró por un momento sin decir nada. Aquella mirada se lo dijo todo a Iván Ilich. Su cuñado abrió la boca para lanzar una exclamación de sorpresa, pero se contuvo, y esa acción lo confirmó todo.

—He cambiado, ¿eh?

—Sí, hay un cambio.

Y después de eso, por más que intentó que su cuñado volviera al tema de su aspecto, este no quiso decir nada al respecto. Praskovya Fedorovna llegó a casa y su hermano salió a su encuentro. Iván Ilich cerró la puerta y se puso a examinarse en el cristal, primero de cara, luego de perfil. Tomó un retrato suyo tomado con su esposa y lo comparó con lo que veía en el cristal. El cambio en él era inmenso. Luego desnudó los brazos hasta el codo, los miró, volvió a bajarse las mangas, se sentó en una otomana y se puso más negro que la noche.

—¡No, no, esto no sirve! —se dijo a sí mismo, y se levantó de un salto, fue a la mesa, cogió unos papeles de derecho y empezó a leerlos, pero no pudo continuar. Abrió la puerta y entró en la sala de recepción. La puerta que daba al salón estaba cerrada. Se acercó de puntillas y escuchó.

—¡No, estás exagerando! —decía Praskovya Fedorovna.

—¡Exagerando! ¿No lo ves? Es un hombre muerto. Mira sus ojos, no hay vida en ellos. ¿Pero qué es lo que le pasa?

—Nadie lo sabe. Nikolaevich dijo algo, pero no sé qué. Y Leshchetitsky dijo todo lo contrario...

Iván Ilich se alejó, fue a su propia habitación, se acostó y se puso a cavilar «El riñón, un riñón flotante». Recordó todo lo que los médicos le habían contado sobre cómo se desprendía y se balanceaba. Y con un esfuerzo de imaginación trató de atrapar ese riñón y detenerlo y sostenerlo. Le pareció que se necesitaba tan poco para esto. «No, iré a ver a Peter Ivanovich de nuevo». Llamó, pidió el carruaje y se preparó para partir.

—¿Adónde vas, Jean? —le preguntó su mujer con una mirada especialmente triste y excepcionalmente amable. Esta mirada excepcionalmente amable le irritó. Él la miró con aire de mal humor.

—Debo ir a ver a Peter Ivanovich.

Fue a ver a Peter Ivanovich, y juntos fueron a ver a su amigo, el médico. Éste estaba dentro, e Iván Ilich tuvo una larga conversación con él.

Repasando los detalles anatómicos y fisiológicos de lo que, en opinión del médico, ocurría en su interior, lo comprendió todo.

Había algo, una pequeña cosa, en el apéndice vermiforme. Todo podría salir bien. Solo había que estimular la energía de un órgano y frenar la actividad de otro, entonces se produciría la absorción y todo se arreglaría. Llegó a casa bastante tarde para la cena, cenó y conversó alegremente, pero durante mucho tiempo no se atrevió a volver a trabajar en su habitación. Al final, sin embargo, fue a su estudio e hizo lo necesario, pero la conciencia de que había dejado algo de lado —un asunto importante e íntimo— al que volvería cuando terminara su trabajo nunca le abandonó. Cuando terminó su trabajo, recordó que ese asunto íntimo era el pensamiento de su apéndice vermiforme. Pero no se entregó a ello y fue al salón a tomar el té. Había allí personas que llamaban, entre ellas el juez de instrucción que era un partido deseable para su hija, y estaban conversando, tocando el piano y cantando. Iván Ilich, como comentó Praskovya Fedorovna, pasó aquella velada más alegremente que de costumbre, pero no olvidó ni por un momento que había pospuesto el importante asunto del apéndice. A las once se despidió y se dirigió a su dormitorio. Desde su enfermedad había dormido solo en una pequeña habitación junto a su estudio. Se desnudó y cogió una novela de Zola, pero en lugar de leerla se sumió en sus pensamientos, y en su imaginación se produjo esa deseada mejoría del apéndice vermiforme. Se produjo la absorción y evacuación y el restablecimiento de la actividad normal. «¡Sí, eso es! —se dijo—, solo hay que ayudar a la naturaleza, eso es todo». Se acordó de su medicina, se levantó, la tomó y se acostó de espaldas esperando la acción benéfica de la medicina y que esta disminuyera el dolor. «Solo tengo que tomarla regularmente y evitar todas las influencias perjudiciales. Ya me siento mejor, mucho mejor». Comenzó a tocarse el costado: no le dolía al tacto. «Ya está, realmente no lo siento. Ya está mucho mejor». Apagó la luz y se puso de lado... «El apéndice está mejorando, se está produciendo la absorción». De repente sintió el viejo y familiar dolor sordo y carcomido, obstinado y grave. Tenía el mismo sabor repugnante de siempre en la boca. Su corazón se hundió y se sintió aturdido.

—¡Dios mío! Dios mío! —murmuró—. ¡Otra vez, otra vez! Y nunca cesará.

Y de repente el asunto se presentó con un aspecto muy diferente. «¡Apéndice vermiforme! Riñón! —se dijo a sí mismo. No es una cuestión de apéndice o riñón, sino de vida y... muerte. Sí, la vida estaba allí y ahora se va, se va y no puedo detenerla. Sí. ¿Por qué engañarme a mí mismo? ¿No es obvio para todos, menos para mí, que me estoy muriendo, y que solo es cuestión de semanas, días... puede ocurrir en este momento? Había luz y ahora hay oscuridad. Estaba aquí y ahora voy allí. ¿Adónde?». Un escalofrío se apoderó de él, su respiración cesó y solo sintió el palpitar de su corazón. «Cuando no esté, ¿qué habrá? No habrá nada. Entonces, ¿dónde estaré cuando ya no sea? ¿Puede ser esto morir? No, no quiero».

Se levantó de un salto y trató de encender la vela, la palpó con manos temblorosas, dejó caer vela y candelabro al suelo, y volvió a caer sobre la almohada.

«¿De qué sirve? Da igual —se dijo, mirando con los ojos muy abiertos a la oscuridad—. La muerte. Sí, la muerte. Y ninguno de ellos lo sabe o desea saberlo, y no tienen piedad de mí. Ahora están jugando —oyó a través de la puerta el sonido lejano de una canción y su acompañamiento—. ¡A ellos les da igual, pero también morirán! ¡Tontos! Yo primero, y ellos después, pero a ellos les dará lo mismo. Y ahora están alegres... ¡las bestias!». La ira le ahogaba y se sentía agonizante, insoportablemente miserable. «¡Es imposible que todos los hombres hayan sido condenados a sufrir este horrible horror!». —Se levantó.

—Algo debe estar mal. Debo calmarme, debo pensar en todo desde el principio.

Y de nuevo se puso a pensar. «Sí, el principio de mi enfermedad: Me di un golpe en el costado, pero ese día y el siguiente todavía estaba bien. Me dolía un poco, luego bastante más. Vi a los médicos, luego siguió el abatimiento y la angustia, más médicos, y me acerqué al abismo. Mis fuerzas disminuían y me acercaba cada vez más, y ahora me he consumido y no hay luz en mis ojos. Pienso en el apéndice, pero esto es la muerte. Pienso en arreglar el apéndice, ¡y todo esto es la muerte! ¿Puede ser realmente la muerte?». De nuevo el terror se apoderó de él y jadeó. Se inclinó y empezó a buscar las cerillas, presionando con el codo el soporte que había junto a la cama. Le estorbaba y le hacía daño, se enfureció con él, lo presionó aún más y lo trastornó. Sin aliento y desesperado, cayó de espaldas, esperando que la muerte llegara de inmediato.

Mientras tanto, los visitantes se marchaban. Praskovya Fedorovna los despedía. Oyó caer algo y entró.

—¿Qué ha pasado?

—Nada. Lo he tirado accidentalmente.

Salió y volvió con una vela. Él yacía jadeando pesadamente, como un hombre que ha corrido mil metros, y la miraba fijamente hacia arriba.

—¿Qué pasa, Jean?

—No… no… cosa. Lo he alterado.

«¿Por qué hablar de ello? Ella no lo entenderá» —pensó él. Y en verdad ella no lo entendía. Recogió el soporte, encendió la vela y se apresuró a despedir a otro visitante. Cuando volvió, él seguía tumbado de espaldas, mirando hacia arriba.

—¿Qué pasa? ¿Te sientes peor?

—Sí —sacudió la cabeza y se sentó.

—Sabes, Jean, creo que debemos pedir a Leshchetitsky que venga a verte aquí. Esto significaba llamar al famoso especialista, sin reparar en gastos —sonrió malignamente y dijo—: No. —Ella permaneció un poco más y luego se acercó a él y le besó la frente. Mientras lo besaba, él la odió desde el fondo de su alma y con dificultad se abstuvo de empujarla.

—Buenas noches. Por favor, Dios, duerme.

—Sí.

VI

Iván Ilich veía que se estaba muriendo, y estaba en continua desesperación. En el fondo de su corazón sabía que se estaba muriendo, pero no solo no estaba acostumbrado a ese pensamiento, sino que sencillamente no lo entendía ni podía entenderlo.

El silogismo que había aprendido de la Lógica de Kiesewetter: Cayo es un hombre, los hombres son mortales, por lo tanto Cayo es mortal, siempre le había parecido correcto aplicado a Cayo, pero ciertamente no aplicado a sí mismo. Que Cayo —el hombre en abstracto era mortal— era perfectamente correcto, pero él no era Cayo, no era un hombre abstracto, sino una criatura muy, muy separada de todas las demás. Había sido el pequeño Vania, con una mamá y un papá, con Dmitri y Volodia, con los juguetes, con un cochero y una enfermera, después con Katenka y con la voluntad de todas las alegrías, las penas y los placeres de la infancia, la niñez y la juventud. ¿Qué sabía Cayo del olor de aquella pelota de cuero a rayas que tanto le gustaba a Vania? ¿Había besado Cayo la mano de su madre de esa manera, y la seda de su vestido crujía tanto para Cayo? ¿Había alborotado así en la escuela cuando la pastelería era mala? ¿Había estado Cayo enamorado así? ¿Podía Cayo presidir una sesión como él? Cayo era realmente mortal, y era justo que muriera; pero para mí, pequeño Vania, Iván Ilich, con todos mis pensamientos y emociones, es un asunto totalmente distinto. No puede ser que deba morir. Eso sería demasiado terrible. Tal era su sentimiento.

«Si tuviera que morir como Cayo, habría sabido que era así. Una voz interior me lo habría dicho, pero no había nada de eso en mí y yo y todos mis amigos sentíamos que nuestro caso era muy diferente al de Cayo, y ahora aquí está —se dijo—. No puede ser. Es imposible. Pero aquí está. ¿Cómo es esto? ¿Cómo se puede entender?».

No podía entenderlo, y trataba de alejar este pensamiento falso, incorrecto, morboso, y sustituirlo por otros pensamientos adecuados y sanos. Pero ese pensamiento, y no solo el pensamiento, sino la realidad misma, parecía venir a confrontarlo.

Y para reemplazar ese pensamiento invocó una sucesión de otros, esperando encontrar en ellos algún apoyo. Intentó volver a la antigua corriente de pensamientos que una vez le había ocultado el pensamiento de la muerte. Pero, por extraño que parezca, todo lo que antes había apagado, ocultado y destruido su conciencia de la muerte, ya no tenía ese efecto. Iván Ilich pasaba ahora la mayor parte de su tiempo intentando restablecer esa antigua corriente. Se decía a sí mismo: «Retomaré mis deberes; después de todo, solía vivir de acuerdo con ellos». Y desterrando todas las dudas, se dirigía a los tribunales, entablaba conversación con sus colegas y se sentaba despreocupadamente, como era su costumbre, escudriñando a la multitud con una mirada pensativa y apoyando sus dos escuálidos brazos en los brazos de su silla de roble; inclinándose como de costumbre hacia un colega y acercando sus papeles, intercambiaba susurros con él, y luego, levantando repentinamente los ojos y sentándose erguido, pronunciaba ciertas palabras y abría el procedimiento. Pero, de repente, en medio de esos procedimientos, el dolor de su costado, independientemente de la etapa en que se encontraba el proceso, comenzaba su propio trabajo de roer. Iván Ilich volvía su atención hacia él y trataba de alejar su pensamiento, pero sin éxito. Venía y se ponía delante de él y le miraba, y él se quedaba petrificado y la luz se apagaba en sus ojos, y empezaba de nuevo a preguntarse si solo eso era verdad. Y sus colegas y subordinados verían con sorpresa y angustia que él, el brillante y sutil juez, se estaba confundiendo y cometiendo errores. Se sacudía, trataba de recomponerse, lograba de alguna manera terminar la sesión y regresaba a su casa con la triste conciencia de que sus trabajos judiciales no podían ocultarle como antes lo que él quería que le ocultaran, y no podían librarle de ello. Y lo peor de todo era que Ella le llamaba la atención no para que hiciera alguna acción, sino solo para que la mirara, para que la mirara de frente: para que la mirara y, sin hacer nada, sufriera inexpresivamente.

Y para salvarse de esta condición Iván Ilich buscó consuelos y se encontraron nuevas pantallas que por un tiempo parecían salvarle, pero luego se deshacían inmediatamente o más bien se volvían transparentes, como si Aquello las penetrara y nada pudiera velarlas.

En estos últimos días, entraba en el salón que había arreglado, aquel salón en el que había caído y por el que había sacrificado su vida (por lo amargamente ridículo que le parecía), pues sabía que su enfermedad tenía su origen en aquel golpe. Entraba y veía que algo había rayado la mesa pulida. Buscaba la causa y descubría que era la ornamentación de bronce de un álbum, que se había doblado. Cogía el costoso álbum que había arreglado con tanto cariño y se enfadaba con su hija y sus amigas por su desorden, ya que el álbum estaba roto aquí y allá y algunas de las fotografías estaban al revés. Lo ponía cuidadosamente en orden y volvía a colocar los adornos en su sitio. Luego se le ocurría colocar todas esas cosas en otro rincón de la habitación, cerca de las plantas. Llamaría al lacayo, pero su hija o su mujer vendrían a ayudarle. No se ponían de acuerdo, y su mujer le contradecía, y él discutía y se enfadaba. Pero no pasaba nada, porque entonces no pensaba en ello. Era invisible.

Pero entonces, cuando él mismo movía algo, su mujer decía:

—Deja que los sirvientes lo hagan. Te vas a hacer daño otra vez.

Y de repente, la cosa pasaba a través de la pantalla y él la veía. Era solo un destello, y él esperaba que desapareciera, pero involuntariamente prestaba atención a su lado.

—¡Está ahí como antes, royendo igual!

Y ya no podía olvidarlo, sino que lo veía claramente mirándole desde detrás de las flores.

—¿A qué viene todo esto?

—¡Es realmente así! Perdí la vida por esa cortina como podría haberlo hecho al asaltar un fuerte. ¿Es eso posible? Qué terrible y qué estúpido. ¡No puede ser verdad! No puede, pero lo es.

Iba a su estudio, se acostaba y volvía a estar a solas con Eso: cara a cara con Eso. Y no se podía hacer nada con Ella, salvo mirarla y estremecerse.

VII

Cómo sucedió es imposible decirlo, porque se produjo paso a paso, sin que se notara, pero en el tercer mes de la enfermedad de Iván Ilich, su mujer, su hija, su hijo, sus conocidos, los médicos, los criados y, sobre todo, él mismo, se dieron cuenta de que todo el interés que tenía para los demás era si pronto dejaría su lugar, y por fin liberaría a los vivos de las molestias causadas por su presencia y se liberaría él mismo de sus sufrimientos. Cada vez dormía menos. Se le administró opio e inyecciones hipodérmicas de morfina, pero esto no le alivió. La depresión sorda que experimentaba en un estado de somnolencia le alivió al principio un poco, pero solo como algo nuevo, después se convirtió en algo tan angustioso como el propio dolor o incluso más.

Por orden de los médicos se le preparaban alimentos especiales, pero todos esos alimentos le resultaban cada vez más desagradables y repugnantes. Para sus excreciones también había que hacer arreglos especiales, y esto era un tormento para él cada vez, un tormento por la suciedad, la indecencia y el olor, y por saber que otra persona tenía que participar en ello.

Pero justo a través de su asunto más desagradable, Iván Ilich obtuvo consuelo. Gerasim, el joven ayudante del mayordomo, venía siempre a llevar las cosas. Gerasim era un muchacho campesino, limpio y fresco, crecido con la comida de la ciudad y siempre alegre y brillante. Al principio, verle, con su limpio traje de campesino ruso, ocupado en aquella repugnante tarea, avergonzaba a Iván Ilich.

Una vez que se levantó de la cómoda, demasiado débil para subirse los pantalones, se dejó caer en un mullido sillón y miró con horror sus muslos desnudos y debilitados, con los músculos tan marcados en ellos. Gerasim, con paso firme y ligero, con sus pesadas botas que desprendían un agradable olor a alquitrán y a aire fresco de invierno, entró con un limpio delantal de Hesse, las mangas de su camisa estampada recogidas sobre sus fuertes brazos jóvenes y desnudos; y absteniéndose de mirar a su amo enfermo por consideración a sus sentimientos, y conteniendo la alegría de vivir que brillaba en su rostro, se acercó a la cómoda.

—¡Gerasim! —dijo Iván Ilich con voz débil.

Gerasim se sobresaltó, temiendo, evidentemente, haber cometido alguna torpeza, y con un rápido movimiento giró su rostro joven, fresco, amable y sencillo, que acababa de mostrar los primeros signos vellosos de una barba.

—¿Sí, señor?

—Eso debe ser muy desagradable para usted. Debe perdonarme. No puedo hacer nada.

—Oh, por qué, señor —y los ojos de Gerasim brillaron y mostró sus relucientes dientes blancos—, ¿qué es un pequeño problema? Es un caso de enfermedad con usted, señor.

Y sus hábiles y fuertes manos hicieron su acostumbrada tarea, y salió de la habitación dando un ligero paso. Cinco minutos después regresó con la misma ligereza. Iván Ilich seguía sentado en la misma posición en el sillón.

—Gerasim —le dijo cuando este hubo repuesto el utensilio recién lavado—, por favor, ven aquí y ayúdame. —Gerasim se acercó a él—. Levántame. Me cuesta levantarme, y he enviado a Dimitri.

Gerasim se acercó a él, agarró a su amo con sus fuertes brazos con destreza, pero con suavidad, de la misma manera que pisaba, lo levantó, lo sostuvo con una mano, y con la otra le subió los pantalones y lo hubiera vuelto a dejar en el suelo, pero Iván Ilich pidió que lo llevaran al sofá. Gerasim, sin esfuerzo y sin aparente presión, lo condujo, casi levantándolo, hasta el sofá y lo colocó en él.

—Gracias. Qué fácil y qué bien lo haces todo.

Gerasim volvió a sonreír y se dio la vuelta para salir de la habitación. Pero Iván Ilich sintió su presencia tan reconfortante que no quiso dejarle marchar.

—Una cosa más, por favor, mueve esa silla. No, la otra, debajo de mis pies. Es más fácil para mí cuando tengo los pies levantados.

Gerasim trajo la silla, la dejó suavemente en su sitio y levantó las piernas de Iván Ilich sobre ella. A Iván Ilich le pareció que se sentía mejor mientras Gerasim le sostenía las piernas.

—Es mejor cuando mis piernas están aún más altas —dijo—. Coloca ese cojín debajo de ellas.

Gerasim así lo hizo. Volvió a levantar las piernas y las colocó, y de nuevo Iván Ilich se sintió mejor mientras Gerasim le sostenía las piernas. Cuando las dejó en el suelo, Iván Ilich creyó sentirse peor.

—Gerasim —dijo—. ¿Estás ocupado ahora?

—En absoluto, señor —dijo Gerasim, que había aprendido de la gente del pueblo a hablar con los caballeros.

—¿Qué tienes que hacer todavía?

—¿Qué tengo que hacer? Lo he hecho todo, excepto cortar los troncos para mañana.

—Entonces sostén mis piernas un poco más arriba, ¿puedes?

—Claro que puedo. ¿Por qué no? —Y Gerasim levantó las piernas de su amo más arriba e Iván Ilich pensó que en esa posición no sentía ningún dolor.

—¿Y qué hay de los troncos?

—No se preocupe por eso, señor. Hay tiempo de sobra.

Iván Ilich le dijo a Gerasim que se sentara y le sujetara las piernas, y comenzó a hablarle. Y es extraño que le pareciera que se sentía mejor mientras Gerasim le sostenía las piernas.

Después de eso, Iván Ilich llamaba a veces a Gerasim y le hacía sostener las piernas sobre sus hombros, y le gustaba hablar con él. Gerasim lo hacía todo con facilidad, de buena gana, con sencillez y con un buen carácter que conmovía a Iván Ilich. La salud, la fuerza y la vitalidad en otras personas le resultaban ofensivas, pero la fuerza y la vitalidad de Gerasim no le mortificaban, sino que le tranquilizaban.

Lo que más atormentaba a Iván Ilich era el engaño, la mentira, que por alguna razón todos aceptaban, de que no se estaba muriendo, sino que simplemente estaba enfermo, y que solo tenía que callarse y someterse a un tratamiento y entonces algo muy bueno resultaría. Sin embargo, él sabía que, hicieran lo que hicieran, no se conseguiría nada, solo más sufrimiento agónico y muerte. Este engaño le torturaba: no querían admitir lo que todos sabían y lo que él sabía, sino que querían mentirle sobre su terrible estado, y querían y le obligaban a participar en esa mentira. Aquellas mentiras que se promulgaban sobre él en vísperas de su muerte y que estaban destinadas a degradar este horrible y solemne acto al nivel de sus visitas, sus cortinas, su esturión para la cena eran una terrible agonía para Iván Ilich. Y, curiosamente, muchas veces, cuando hacían sus payasadas sobre él, había estado a punto de gritarles «¡Dejad de mentir! Ustedes saben y yo sé que me estoy muriendo. Entonces, ¡dejad de mentir al menos!». Pero nunca había tenido el ánimo de hacerlo. El horrible y terrible acto de su muerte era, según veía, reducido por los que le rodeaban al nivel de un incidente casual, desagradable y casi indecoroso (como si alguien entrara en un salón desactivando un olor desagradable) y esto lo hacía ese mismo decoro al que había servido toda su vida. Vio que nadie se compadecía de él, porque nadie quería siquiera comprender su posición.

Solo Gerasim lo reconocía y se compadecía de él. Por eso, Iván Ilich solo se sentía a gusto con él. Se sentía reconfortado cuando Gerasim le sostenía las piernas (a veces durante toda la noche) y se negaba a acostarse, diciendo: «No te preocupes, Iván Ilich. Ya dormiré lo suficiente más tarde». O cuando de repente se ponía familiar y exclamaba: «Si no estuvieras enfermo sería otra cosa, pero, tal como está, ¿por qué iba a renegar de una pequeña molestia?». Solo Gerasim no mentía; todo demostraba que solo él comprendía los hechos del caso y no consideraba necesario disfrazarlos, sino que simplemente se compadecía de su demacrado y debilitado amo. Una vez, cuando Iván Ilich lo estaba despidiendo, llegó a decir directamente:

—Todos vamos a morir, así que, ¿por qué voy a renegar de una pequeña molestia? —expresando el hecho de que no creía que su trabajo fuera pesado, porque lo hacía por un moribundo y esperaba que alguien hiciera lo mismo por él cuando llegara su hora.

Aparte de esta mentira, o a causa de ella, lo que más atormentaba a Iván Ilich era que nadie se compadecía de él como él deseaba ser compadecido. En ciertos momentos, después de un prolongado sufrimiento, lo que más deseaba (aunque le hubiera dado vergüenza confesarlo) era que alguien se compadeciera de él como se compadece a un niño enfermo. Ansiaba que lo acariciaran y lo consolaran. Sabía que era un funcionario importante, que tenía una barba que se volvía gris, y que por lo tanto lo que anhelaba era imposible, pero aun así lo anhelaba. Y en la actitud de Gerasim hacia él había algo parecido a lo que deseaba, por lo que esa actitud le reconfortaba.

Iván Ilich quería llorar, quería que le acariciaran y le lloraran, y entonces venía su colega Shebek, y en lugar de llorar y ser acariciado, Iván Ilich asumía un aire serio, severo y profundo, y por la fuerza de la costumbre expresaba su opinión sobre una decisión del Tribunal de Casación e insistía obstinadamente en esa opinión. Esta falsedad a su alrededor y en su interior envenenó más que cualquier otra cosa sus últimos días.

VIII

Era de día. Sabía que era por la mañana porque Gerasim se había ido, y Peter, el lacayo, había venido a apagar las velas, a descorrer una de las cortinas y a empezar a ordenar en silencio. No importaba si era por la mañana o por la tarde, si era viernes o domingo, todo era igual: el dolor agobiante, sin paliativos, agonizante, que no cesaba ni un instante, la conciencia de que la vida menguaba inexorablemente pero no se extinguía, la proximidad de esa muerte siempre temida y odiosa que era la única realidad, y siempre la misma falsedad. ¿Qué eran los días, las semanas, las horas, en un caso así?

—¿Quiere tomar un té, señor?

«Quiere que las cosas sean regulares, y desea que los señores tomen té por la mañana» —pensó Iván Ilich, y solo dijo:

—No.

—¿No le gustaría pasar al sofá, señor?

«Quiere ordenar la habitación, y yo le estorbo. Soy la suciedad y el desorden» —pensó, y solo dijo:

—No, déjeme en paz.

El hombre continuó con su ajetreo. Iván Ilich le tendió la mano. Peter se acercó, dispuesto a ayudar.

71

—¿Qué pasa, señor?

—Mi reloj.

Peter cogió el reloj que tenía a mano y se lo dio a su amo.

—Las ocho y media. ¿Se han levantado?

—No señor, excepto Vladimir Ivanovich, que se ha ido a la escuela. Praskovya Fedorovna me ordenó que la despertara si usted preguntaba por ella. ¿Lo hago?

—No, no es necesario.

«Quizá sea mejor que me traiga un té» —pensó, y añadió en voz alta:

—Sí, tráeme un té.

Peter se dirigió a la puerta, pero Iván Ilich temía quedarse solo. «¿Cómo puedo retenerlo aquí? Ah, sí, mi medicina».

—Peter, dame mi medicina.

«¿Por qué no? Tal vez aún sirva de algo». Tomó una cucharada y la tragó. «No, no servirá de nada. Todo son tonterías, todo son engaños». Decidió en cuanto se dio cuenta del sabor familiar, enfermizo y desesperante. «No, no puedo seguir creyendo en ello. Pero el dolor, ¿por qué este dolor? Si cesara solo por un momento». Y gimió. Peter se volvió hacia él.

—Está bien. Ve y tráeme un poco de té.

Peter salió. Al quedarse solo, Iván Ilich no gemía tanto por el dolor, por terrible que fuera, como por la angustia mental. Siempre y para siempre lo mismo, siempre estos días y noches interminables. Si se diera más rápido… ¿Si tan solo qué viniera más rápido? La muerte, la oscuridad… ¡No, no! ¡Cualquier cosa antes que la muerte!

Cuando Peter regresó con el té en una bandeja, Iván Ilich lo miró durante un rato con perplejidad, sin darse cuenta de quién y qué era. Peter se desconcertó con esa mirada y su desconcierto hizo que Iván Ilich volviera en sí.

—¡Oh, el té! Está bien, déjalo. Solo ayúdame a lavarme y a ponerme una camisa limpia.

E Iván Ilich comenzó a lavarse. Con pausas para descansar, se lavó las manos y luego la cara, se limpió los dientes, se cepilló el pelo, miró en el vaso. Le aterraba lo que veía, sobre todo la forma en que su pelo se pegaba a su frente pálida.

Mientras le cambiaban la camisa sabía que se asustaría aún más al ver su cuerpo, así que evitó mirarlo. Por fin estaba listo. Se puso una bata, se envolvió en una tela escocesa y se sentó en el sillón para tomar el té. Por un momento se sintió refrescado, pero en cuanto empezó a beber el té volvió a sentir el mismo sabor, y el dolor también regresó. Lo terminó con un esfuerzo, y luego se acostó estirando las piernas, y despidió a Peter. Siempre lo mismo. Ahora surge una chispa de esperanza, luego un mar de desesperación, y siempre dolor; siempre dolor, siempre desesperación, y siempre lo mismo. Cuando estaba solo tenía un terrible y angustioso deseo de llamar a alguien, pero sabía de antemano que con la presencia de otros sería aún peor. Otra dosis de morfina para perder el conocimiento. Le diré, al doctor, que debe pensar en otra cosa. Es imposible, imposible, seguir así.

Pasan así una hora y otra. Pero ahora suena el timbre de la puerta. ¿Tal vez sea el doctor? Lo es. Llega fresco, cordial, regordete y alegre, con esa mirada que parece decir: «¡Ya está, tiene usted pánico por algo, pero se lo arreglaremos todo directamente!». El médico sabe que esta expresión está fuera de lugar, pero se la ha puesto de una vez por todas y no puede quitársela, como un hombre que se ha puesto un abrigo por la mañana para hacer una ronda de llamadas. El médico se frota las manos enérgicamente y de forma tranquilizadora.

—¡Brr! ¡Qué frío hace! Hay una helada muy fuerte; ¡deje que me caliente! —dice, como si solo fuera cuestión de esperar a que se caliente, y entonces lo arreglaría todo.

—Y ahora, ¿cómo estás?

Iván Ilich siente que el médico quiere decir: «Bueno, ¿cómo están nuestros asuntos? —pero que incluso él siente que esto no serviría, y dice en su lugar—: ¿Qué clase de noche has tenido?». Iván Ilich le mira como diciendo: «¿De verdad que nunca te avergüenzas de mentir?». Pero el médico no quiere entender esta pregunta, e Iván Ilich dice: «Tan terrible como siempre. El dolor nunca me abandona y nunca se calma. Si tan solo algo…»

—Sí, ustedes los enfermos son siempre así… Ya está, ahora creo que estoy lo suficientemente caliente. Incluso Praskovya Fedorovna, que es tan particular, no pudo encontrar ningún defecto en mi temperatura. Bueno, ahora puedo dar los buenos días —y el médico presiona la mano de su paciente.

Luego, dejando de lado su anterior jovialidad, comienza con el rostro más serio a examinar al paciente, a tomarle el pulso y la temperatura, y luego a sondear y auscultar. Iván Ilich sabe muy bien y definitivamente que todo esto es una tontería y un puro engaño, pero cuando el médico, arrodillándose, se inclina sobre él, poniendo la oreja primero más arriba y luego más abajo, y realiza diversos movimientos gimnásticos sobre él con una expresión significativa en su rostro, Iván Ilich se somete a todo ello como solía someterse a los discursos de los abogados, aunque sabía muy bien que todos mentían y por qué lo hacían.

El médico, arrodillado en el sofá, todavía le está sondeando cuando el vestido de seda de Praskovya Fedorovna cruje en la puerta y se la oye regañar a Peter por no haberle avisado de la llegada del médico.

Entra, besa a su marido y enseguida procede a demostrar que lleva ya mucho tiempo levantada y que solo por un malentendido no estaba allí cuando llegó el médico. Iván Ilich la mira, la escudriña por todas partes, pone en evidencia la blancura, la gordura y la limpieza de sus manos y de su cuello, el brillo de sus cabellos y el brillo de sus ojos vivaces. La odia con toda su alma. Y la emoción del odio que siente por ella le hace sufrir su contacto.

Su actitud hacia él y sus enfermedades sigue siendo la misma. Al igual que el médico había adoptado una determinada relación con su paciente que no podía abandonar, ella se había formado una hacia él: que no hacía algo que debía hacer y que él mismo tenía la culpa, y que le reprochaba amorosamente por ello, y ahora no podía cambiar esa actitud.

—Ya ves que no me hace caso y que no toma su medicina a la hora adecuada. Y sobre todo se acuesta en una posición que sin duda es mala para él: con las piernas en alto.

Describió cómo hacía que Gerasim mantuviera las piernas en alto. El médico sonrió con una afabilidad despectiva que decía: ¿Qué se puede hacer? Estos enfermos tienen tontos caprichos de ese tipo, pero hay que perdonarlos.

Cuando terminó el examen, el médico miró su reloj, y entonces Praskovya Fedorovna anunció a Iván Ilich que, por supuesto, era como él quería, pero que hoy había mandado llamar a un célebre especialista que lo examinaría y tendría una consulta con Miguel Danilovich.

—Por favor, no pongas ninguna objeción. Lo hago por mi propio bien —dijo ella irónicamente, dejando entrever que lo hacía todo por su bien y que solo lo decía para no dejarle ningún derecho a negarse. Él permaneció en silencio, frunciendo las cejas. Se sentía rodeado y envuelto en una malla de falsedad de la que era difícil desentrañar nada.

Todo lo que ella hacía por él era enteramente por su propio bien, y ella le decía que hacía por ella lo que en realidad hacía por sí misma, como si eso fuera tan increíble que él debía entender lo contrario.

A las once y media llegó el célebre especialista. Nuevamente comenzó el sondeo y las significativas conversaciones en su presencia y en otra habitación, sobre los riñones y el apéndice, y las preguntas y respuestas, con tal aire de importancia que de nuevo, en lugar de la verdadera cuestión de la vida y la muerte que ahora solo le enfrentaba, surgió la del riñón y el apéndice que no se comportaban como debían y que ahora serían atacados por Miguel Danilovich y el especialista y obligados a enmendar sus caminos.

El célebre especialista se despidió de él con una mirada seria, aunque no desesperanzada, y en respuesta a la tímida pregunta que Iván Ilich, con los ojos brillantes de miedo y esperanza, le formuló sobre si había posibilidades de recuperación, dijo que no podía asegurarlas, pero que había una posibilidad. La mirada de esperanza con la que Iván Ilich observó al médico era tan patética que Praskovya Fedorovna, al verla, llegó a llorar mientras salía de la habitación para entregar al médico sus honorarios.

El resplandor de esperanza encendido por los ánimos del médico no duró mucho. La misma habitación, los mismos cuadros, las cortinas, el papel pintado, los frascos de medicinas, todo estaba allí, y el mismo cuerpo dolorido y sufriente, e Iván Ilich comenzó a gemir. Le pusieron una inyección subcutánea y se hundió en el olvido.

Era el crepúsculo cuando volvió en sí. Le trajeron la cena y tragó con dificultad un poco de té de carne, y luego todo volvió a ser igual y la noche se acercaba.

Después de la cena, a las siete, Praskovya Fedorovna entró en la habitación vestida de noche, con el pecho lleno empujado por el corsé y con restos de polvo en la cara. Ella le había recordado por la mañana que iban a ir al teatro. Sarah Bernhardt estaba de visita en la ciudad y tenían un palco, que él había insistido en que llevaran.

Ahora lo había olvidado y su aseo le ofendió, pero disimuló su enfado al recordar que él mismo había insistido en que se hicieran con un palco y fueran porque sería un placer instructivo y estético para los niños.

Praskovya Fedorovna entró, satisfecha de sí misma, pero con un aire bastante culpable. Se sentó y le preguntó cómo estaba, pero, como él vio, solo por preguntar y no para enterarse, sabiendo que no había nada que aprender, y luego pasó a lo que realmente quería decir: Que de ninguna manera habría ido, sino que se habían llevado la caja y que Helen y su hija iban a ir, así como Petrishchev (el juez de instrucción, el prometido de su hija) y que no era posible dejarlos ir solos; pero que ella habría preferido sentarse un rato con él; y que él debía estar seguro de seguir las órdenes del médico mientras ella no estuviera.

—Ah, y a Fedor Petrovich —el prometido— le gustaría entrar. ¿Puede? ¿Y Lisa?

—Muy bien.

La hija de ambos entró vestida de noche, con su carne joven y fresca al descubierto (haciendo gala de esa misma carne que en su caso causaba tanto sufrimiento), fuerte, sana, evidentemente enamorada, e impaciente por la enfermedad, el sufrimiento y la muerte, porque interferían en su felicidad.

Fedor Petrovich entró también en traje de noche, con el pelo rizado a lo Capoul, un cuello rígido y apretado alrededor de su largo y nervudo cuello, una enorme camisa blanca y unos estrechos pantalones negros bien estirados sobre sus fuertes muslos. Llevaba un guante blanco bien calado y sostenía su sombrero de ópera en la mano.

Tras él, el colegial se deslizó sin ser visto, con un uniforme nuevo, el pobrecito, y con guantes. Bajo sus ojos se veían sombras terriblemente oscuras, cuyo significado Iván Ilich conocía bien. Su hijo siempre le había parecido patético, y ahora era espantoso ver la asustada mirada de piedad del muchacho. A Iván Ilich le parecía que Vasya era el único, además de Gerasim, que lo comprendía y se compadecía de él.

Todos se sentaron y volvieron a preguntarle cómo estaba. Siguió un silencio. Lisa preguntó a su madre por los vasos de la ópera, y hubo un altercado entre madre e hija sobre quién los había cogido y dónde los habían puesto. Esto provocó un poco de malestar.

Fedor Petrovich preguntó a Iván Ilich si había visto alguna vez a Sarah Bernhardt. Iván Ilich no captó al principio la pregunta, pero luego respondió:

—No, ¿la has visto antes?

—Sí, en Adrienne Lecouvreur.

Praskovya Fedorovna mencionó algunos papeles en los que Sarah Bernhardt era especialmente buena. Su hija no estuvo de acuerdo. Surgió una conversación sobre la elegancia y el realismo de su actuación, el tipo de conversación que siempre se repite y siempre es la misma.

En medio de la conversación, Fedor Petrovich miró a Iván Ilich y se quedó callado. Los demás también le miraron y callaron. Iván Ilich miraba con ojos brillantes hacia delante, evidentemente indignado con ellos. Había que rectificar, pero era imposible hacerlo. Había que romper el silencio, pero durante un tiempo nadie se atrevió a romperlo y todos temieron que el engaño convencional se hiciera de repente evidente y la verdad quedara a la vista de todos. Lisa fue la primera en armarse de valor y romper ese silencio, pero al tratar de ocultar lo que todos sentían, lo traicionó.

—Bueno, si nos vamos es hora de empezar —dijo mirando su reloj, regalo de su padre, y con una leve y significativa sonrisa a Fedor Petrovich refiriéndose a algo que solo ellos conocían. Se levantó con un movimiento de su vestido. Todos se levantaron, se despidieron y se fueron.

Cuando se fueron, a Iván Ilich le pareció que se sentía mejor; la falsedad se había ido con ellos. Pero el dolor permanecía, ese mismo dolor y ese mismo miedo que hacía que todo fuera monótonamente igual, nada más difícil y nada más fácil. Todo era peor.

De nuevo los minutos se sucedían y las horas se sucedían. Todo seguía igual y no había cese. Y el inevitable final de todo se hacía cada vez más terrible.

—Sí, envía a Gerasim aquí —respondió a una pregunta de Peter.

IX

Su esposa regresó a altas horas de la noche. Entró de puntillas, pero él la oyó, abrió los ojos y se apresuró a cerrarlos de nuevo. Ella quiso despedir a Gerasim y sentarse ella misma con él, pero él abrió los ojos y dijo:

—No, vete.

—¿Te duele mucho?

—Siempre lo mismo.

—Toma un poco de opio.

Él aceptó y tomó un poco. Ella se fue.

Hasta cerca de las tres de la mañana estuvo en un estado de miseria estupefacta. Le parecía que él y su dolor estaban siendo introducidos en un estrecho y profundo saco negro, pero aunque los empujaban cada vez más adentro no podían ser empujados hasta el fondo. Y esto, suficientemente terrible en sí mismo, iba acompañado de sufrimiento. Estaba asustado pero quería caer a través del saco, luchaba pero cooperaba. Y de repente se abrió paso, cayó y recobró el conocimiento. Gerasim estaba sentado a los pies de la cama, dormitando tranquila y pacientemente, mientras él mismo yacía con sus escuálidas piernas de calcetín apoyadas en los hombros de Gerasim; allí estaba la misma vela de sombra y el mismo dolor incesante.

—Vete, Gerasim —susurró.

—Está bien, señor. Me quedaré un rato.

—No. Vete.

Quitó las piernas de los hombros de Gerasim, se puso de lado sobre su brazo y se compadeció de sí mismo. Solo esperó a que Gerasim se fuera a la habitación contigua y entonces no se contuvo más, sino que lloró como un niño. Lloró por su impotencia, por su terrible soledad, por la crueldad del hombre, por la crueldad de Dios y por la ausencia de Dios.

—¿Por qué has hecho todo esto? ¿Por qué me has traído aquí? ¿Por qué, por qué me atormentas tan terriblemente?

No esperaba una respuesta y, sin embargo, lloraba porque no había respuesta ni podía haberla. El dolor volvió a agudizarse, pero no se movió ni llamó. Se dijo a sí mismo: «¡Adelante! ¡Golpéame! Pero, ¿para qué? ¿Qué te he hecho? ¿Para qué?». Entonces se calló y no solo dejó de llorar, sino que incluso contuvo la respiración y se volvió todo atención. Era como si no escuchara una voz audible, sino la voz de su alma, la corriente de pensamientos que surgía en su interior.

—¿Qué es lo que quieres? —Fue la primera concepción clara capaz de expresarse en palabras, que escuchó—. ¿Qué quieres? ¿Qué quieres? —se repitió a sí mismo.

—¿Qué es lo que quiero? Vivir y no sufrir —respondió.

Y de nuevo escuchó con una atención tan concentrada que ni siquiera su dolor le distrajo. «¿Vivir? ¿Cómo?» —preguntó su voz interior.

—Pues, para vivir como antes, bien y placenteramente.

—¿Como vivías antes, bien y placenteramente? —repitió la voz.

Y con la imaginación comenzó a recordar los mejores momentos de su vida placentera. Pero es extraño decir que ninguno de esos mejores momentos de su vida placentera le parecían ahora lo que habían parecido entonces, ninguno de ellos, excepto los primeros recuerdos de la infancia. Allí, en la infancia, había habido algo realmente agradable con lo que sería posible vivir si pudiera volver.

Pero el niño que había experimentado esa felicidad ya no existía, era como una reminiscencia de otra persona.

Tan pronto como comenzó el período que había producido el actual Iván Ilich, todo lo que entonces había parecido alegrías se derretía ahora ante su vista y se convertía en algo trivial y a menudo desagradable.

Y cuanto más se alejaba de la infancia y más se acercaba al presente, más inútiles y dudosas eran las alegrías. Esto comenzó con la Escuela de Derecho. Allí todavía se encontraba un poco de lo que era realmente bueno: había alegría, amistad y esperanza. Pero en las clases superiores ya había habido menos de esos buenos momentos. Luego, durante los primeros años de su carrera oficial, cuando estaba al servicio del gobernador, volvieron a producirse algunos momentos agradables: eran los recuerdos del amor por una mujer. Luego todo se volvió confuso y todavía hubo menos de lo bueno; más tarde todavía hubo menos de lo bueno, y cuanto más avanzaba, menos había. Su matrimonio, un mero accidente, luego el desencanto que le siguió, el mal aliento de su mujer y la sensualidad e hipocresía: luego esa mortífera vida oficial y esas preocupaciones por el dinero, un año de ella, y dos, y diez, y veinte, y siempre lo mismo. Y cuanto más duraba, más mortal se volvía. Es como si hubiera estado yendo cuesta abajo mientras imaginaba que estaba subiendo. Y eso es lo que realmente era. Estaba subiendo en la opinión pública, pero en la misma medida la vida se alejaba de mí. Y ahora todo está hecho y solo queda la muerte.

—Entonces, ¿qué significa? ¿Por qué? No puede ser que la vida sea tan insensata y horrible. Pero si realmente ha sido tan horrible y sin sentido, ¿por qué debo morir y morir en agonía? ¡Hay algo que está mal! Tal vez no he vivido como debía —se le ocurrió de repente—. Pero, ¿cómo puede ser eso, si lo hice todo bien? —respondió, e inmediatamente desechó de su mente esta, la única solución de todos los enigmas de la vida y la muerte, como algo totalmente imposible.

—Entonces, ¿qué quieres ahora? ¿Vivir? ¿Vivir cómo? Vivir como se vivía en el palacio de justicia cuando el ujier proclamaba: «¡Viene el juez! Viene el juez, el juez —se repetía a sí mismo—. Aquí está, el juez. ¡Pero yo no soy culpable! —exclamó enfadado—. ¿Para qué es?». Y dejó de llorar, pero volviendo la cara hacia la pared siguió reflexionando sobre la misma pregunta: ¿Por qué y para qué todo este horror? Pero por más que reflexionaba no encontraba respuesta. Y cada vez que se le ocurría, como ocurría a menudo, que todo se debía a que no había vivido como debía, recordaba enseguida la corrección de toda su vida y desechaba tan extraña idea.

X

Pasaron otros quince días. Iván Ilich ya no abandonaba su sofá. No se acostaba en la cama, sino que permanecía tumbado en el sofá, de cara a la pared, casi todo el tiempo. Sufría siempre las mismas agonías incesantes y en su soledad reflexionaba siempre sobre la misma pregunta insoluble:

—¿Qué es esto? ¿Puede ser que sea la Muerte?

Y la voz interior respondía: «Sí, es la Muerte».

—¿Por qué estos sufrimientos?

Y la voz respondió: «Por ninguna razón; simplemente son así». Más allá de esto no había nada.

Desde el principio de su enfermedad, desde que fue a ver al médico por primera vez, la vida de Iván Ilich se había dividido entre dos estados de ánimo contrarios y alternados: ahora era la desesperación y la espera de esta muerte incomprensible y terrible, y ahora la esperanza y la observación atentamente interesada del funcionamiento de sus órganos. Ahora ante sus ojos solo había un riñón o un intestino que evadía temporalmente su deber, y ahora solo esa incomprensible y terrible muerte de la que era imposible escapar.

Estos dos estados de ánimo se habían alternado desde el principio de su enfermedad, pero cuanto más avanzaba esta, más dudosa y fantástica era la concepción del riñón, y más real la sensación de muerte inminente.

No tenía más que recordar lo que había sido tres meses antes y lo que era ahora, recordar con qué regularidad había ido cuesta abajo, para que toda posibilidad de esperanza se hiciera añicos. Últimamente, durante la soledad en la que se encontraba mientras estaba tumbado frente al respaldo del sofá, una soledad en medio de una ciudad populosa y rodeado de numerosos conocidos y parientes, pero que, sin embargo, no podría haber sido más completa en ningún lugar —ni en el fondo del mar ni bajo la tierra—, durante esa terrible soledad Iván Ilich solo había vivido en recuerdos del pasado.

Las imágenes de su pasado surgían ante él una tras otra. Comenzaban siempre por lo más cercano en el tiempo y se remontaban a lo más remoto, a su infancia, y allí descansaban. Si pensaba en las ciruelas guisadas que le habían ofrecido aquel día, su mente se remontaba a las crudas y arrugadas ciruelas francesas de su infancia, a su peculiar sabor y al flujo de saliva cuando chupaba sus huesos, y junto con el recuerdo de aquel sabor surgía toda una serie de recuerdos de aquellos días: su enfermera, su hermano y sus juguetes. «No, no debo pensar en eso… es demasiado doloroso —se dijo Iván Ilich, y volvió al presente, al botón del respaldo del sofá y a las arrugas de su marroquinería—. Marruecos es caro, pero no se lleva bien: ha habido una disputa por él. Fue otro tipo de pelea y otro tipo de marruecos aquella vez que rompimos la cartera de papá y nos castigaron, y mamá nos trajo unas tartas...» Y de nuevo sus pensamientos se detuvieron en su infancia, y de nuevo fue doloroso y trató de desterrarlos y fijar su mente en otra cosa.

Luego, junto con esa cadena de recuerdos, otra serie pasó por su mente: cómo su enfermedad había progresado y empeorado. También allí, cuanto más atrás miraba, más vida había habido. Había habido más de lo que era bueno en la vida y más de la vida misma. Las dos cosas se fusionaron. «Al igual que el dolor fue empeorando, mi vida fue empeorando —pensó—. Hay un punto luminoso allá en el fondo, al principio de la vida, y después todo se vuelve más y más negro y avanza cada vez más rápido, en proporción inversa al cuadrado de la distancia de la muerte —pensó Iván Ilich. Y le vino a la mente el ejemplo de una piedra que cae hacia abajo con una velocidad creciente. La vida, una serie de sufrimientos crecientes, vuela cada vez más hacia su fin: el sufrimiento más terrible—. Estoy volando...» Se estremeció, se movió y trató de resistirse, pero ya era consciente de que la resistencia era imposible, y de nuevo con los ojos cansados de mirar, pero incapaces de dejar de ver lo que tenían delante, se quedó mirando el respaldo del sofá y esperó... esperando esa espantosa caída y el choque y la destrucción.

«¡La resistencia es imposible! —se dijo a sí mismo—. ¡Si pudiera entender para qué sirve todo esto! Pero eso también es imposible. Una explicación sería posible si se pudiera decir que no he vivido como debía. Pero es imposible decir eso —y recordó toda la legalidad, corrección y corrección de su vida—. Eso, en todo caso, no puede admitirse ciertamente —pensó, y sus labios sonrieron irónicamente como si alguien pudiera ver esa sonrisa y dejarse engañar por ella—. ¡No hay explicación! Agonía, muerte…¿Para qué?».

XI

Así transcurrieron otras dos semanas y durante esa quincena se produjo el acontecimiento que Iván Ilich y su esposa habían deseado. Petrishchev se declaró formalmente. Sucedió por la noche. Al día siguiente, Praskovya Fedorovna entró en la habitación de su marido pensando en la mejor manera de informarle, pero esa misma noche se había producido un nuevo cambio a peor en su estado. Lo encontró todavía tumbado en el sofá, pero en una posición diferente. Estaba tumbado de espaldas, gimiendo y mirando fijamente al frente.

Comenzó a recordarle sus medicinas, pero él volvió los ojos hacia ella con una mirada tal que ella no terminó lo que estaba diciendo; tan grande era la animosidad, hacia ella en particular, que expresaba esa mirada.

—¡Por el amor de Dios, déjame morir en paz! —dijo. Se habría ido, pero justo en ese momento entró su hija y subió a darle los buenos días. Él la miró como había hecho con su esposa, y en respuesta a su pregunta sobre su salud dijo secamente que pronto los liberaría a todos de sí mismo. Ambas guardaron silencio y después de sentarse un rato con él se fueron.

—¿Es culpa nuestra? —dijo Lisa a su madre—. ¡Es como si tuviéramos la culpa! Lo siento por papá, pero ¿por qué debemos ser torturados?

El médico llegó a su hora habitual. Iván Ilich respondió «Sí» y «No» sin apartar de él sus ojos furiosos, y al fin dijo:

—Sabes que no puedes hacer nada por mí, así que déjame en paz.

—Podemos aliviar tus sufrimientos.

—Ni siquiera podéis hacer eso. Dejadme en paz.

El médico entró en el salón y le dijo a Praskovya Fedorovna que el caso era muy grave y que el único recurso que le quedaba era el opio para aliviar los sufrimientos de su marido, que debían ser terribles. Es cierto, como dijo el médico, que los sufrimientos físicos de Iván Ilich eran terribles, pero peores que los físicos eran los mentales, que eran su principal tortura.

Sus sufrimientos mentales se debían a que aquella noche, mientras miraba el rostro somnoliento y bonachón de Gerasim, con sus prominentes pómulos, se le ocurrió de repente la pregunta: «¿Y si toda mi vida se ha equivocado?»

Se le ocurrió que lo que antes le parecía perfectamente imposible, es decir, que no había pasado su vida como debía, podría ser después de todo cierto. Se le ocurrió que sus apenas perceptibles intentos de luchar contra lo que era considerado bueno por las personas más encumbradas, esos impulsos apenas perceptibles que había reprimido inmediatamente, podrían haber sido lo verdadero, y todo lo demás falso. Y sus deberes profesionales y toda la disposición de su vida y de su familia, y todos sus intereses sociales y oficiales, podrían haber sido todos falsos. Intentó defender todas esas cosas para sí mismo y de repente sintió la debilidad de lo que estaba defendiendo. No había nada que defender.

«Pero si eso es así —se dijo a sí mismo—, y me voy de esta vida con la conciencia de que he perdido todo lo que me fue dado y es imposible rectificarlo... ¿entonces qué?». Se acostó de espaldas y comenzó a repasar su vida de una manera totalmente nueva. Por la mañana, cuando vio primero a su lacayo, luego a su esposa, después a su hija y después al médico, cada una de sus palabras y movimientos le confirmaron la terrible verdad que se le había revelado durante la noche. En ellos se vio a sí mismo —todo aquello por lo que había vivido— y vio claramente que no era real en absoluto, sino un terrible y enorme engaño que había ocultado tanto la vida como la muerte. Esta conciencia intensificó diez veces su sufrimiento físico. Gemía y se revolvía, y tiraba de sus ropas, que lo ahogaban y sofocaban. Y por eso los odiaba.

Le dieron una gran dosis de opio y quedó inconsciente, pero a mediodía comenzaron de nuevo sus sufrimientos. Alejaba a todo el mundo y se agitaba de un lado a otro. Su esposa se acercó a él y le dijo:

—Jean, querido, haz esto por mí. No puede hacer ningún daño y a menudo ayuda. La gente sana lo hace a menudo —él abrió mucho los ojos.

—¿Qué? ¿Tomar la comunión? ¿Por qué? ¡Es innecesario! Sin embargo... —comenzó a llorar.

—Sí, hazlo, querida. Mandaré llamar a nuestro sacerdote. Es un hombre muy agradable.

—Muy bien. Muy bien —murmuró.

Cuando el sacerdote llegó y escuchó su confesión, Iván Ilich se ablandó y pareció sentir un alivio de sus dudas y, en consecuencia, de sus sufrimientos, y por un momento llegó un rayo de esperanza. Volvió a pensar en el apéndice vermiforme y en la posibilidad de corregirlo. Recibió el sacramento con lágrimas en los ojos.

Cuando lo acostaron de nuevo, sintió un momento de alivio, y la esperanza de que podría vivir se despertó de nuevo en él. Comenzó a pensar en la operación que le habían sugerido. «¡Vivir! Quiero vivir» —se dijo a sí mismo. Su mujer entró para felicitarle después de la comunión, y al pronunciar las palabras convencionales habituales añadió:

—Te sientes mejor, ¿verdad?

Sin mirarla, él respondió:

—Sí.

Su vestido, su figura, la expresión de su rostro, el tono de su voz, todo revelaba lo mismo. «Esto está mal, no es como debería ser. Todo lo que has vivido y sigues viviendo es la falsedad y el engaño, ocultándote la vida y la muerte». Y tan pronto como admitió ese pensamiento, volvieron a surgir su odio y su agonizante sufrimiento físico, y con ese sufrimiento la conciencia del inevitable y cercano final. Y a esto se añadió una nueva sensación de dolor punzante y una sensación de asfixia.

La expresión de su rostro cuando pronunció aquel «Sí» fue espantosa. Una vez pronunciado, la miró directamente a los ojos, giró sobre su rostro con una rapidez extraordinaria en su estado de debilidad y gritó:

—¡Vete! Vete y déjame en paz!

XII

A partir de ese momento comenzaron los gritos que se prolongaron durante tres días, y eran tan terribles que no se podían escuchar a través de dos puertas cerradas sin horror. En el momento en que contestó a su mujer se dio cuenta de que estaba perdido, de que no había retorno, de que había llegado el final, el mismísimo final, y sus dudas seguían sin resolverse y seguían siendo dudas.

—¡Oh! ¡Oh! ¡Oh! —gritó con varias entonaciones. Había empezado gritando «¡No lo haré!» y siguió gritando sobre la letra «O».

Durante tres días enteros, en los que el tiempo no existía para él, se debatió en aquel saco negro en el que le empujaba una fuerza invisible y sin resistencia. Luchó como un condenado a muerte lucha en manos del verdugo, sabiendo que no puede salvarse. Y a cada momento sentía que, a pesar de todos sus esfuerzos, se acercaba más y más a lo que le aterrorizaba. Sentía que su agonía se debía a que le habían metido en ese agujero negro y aún más a que no podía entrar en él. Le impedía entrar en él su convicción de que su vida había sido buena. Esa misma justificación de su vida le retenía e impedía avanzar, y le causaba el mayor tormento de todos.

De repente, una fuerza le golpeó en el pecho y en el costado, haciéndole aún más difícil respirar, y cayó por el agujero y allí, en el fondo, había una luz. Lo que le había sucedido era como la sensación que uno experimenta a veces en un vagón de tren cuando cree que va hacia atrás cuando en realidad va hacia delante y de repente se da cuenta de la verdadera dirección.

—Sí, no fue lo correcto —se dijo—, pero eso no importa. Se puede hacer. Pero, ¿qué es lo correcto? se preguntó, y de repente se quedó callado.

Esto ocurrió al final del tercer día, dos horas antes de su muerte. Justo en ese momento, su hijo colegial había entrado sigilosamente y se acercó a la cabecera. El moribundo seguía gritando desesperadamente y agitando los brazos. La mano del moribundo cayó sobre la cabeza del niño, que la cogió, se la llevó a los labios y empezó a llorar.

En ese mismo momento Iván Ilich cayó a través y alcanzó a ver la luz, y se le reveló que aunque su vida no había sido lo que debería haber sido, esto aún podía ser rectificado. Se preguntó: «¿Qué es lo correcto?» y se quedó quieto, escuchando. Entonces sintió que alguien le besaba la mano. Abrió los ojos, miró a su hijo y se compadeció de él. Su mujer se acercó a él y él la miró. Le miraba con la boca abierta, con lágrimas sin secar en la nariz y en la mejilla y con una mirada desesperada. Él también sintió pena por ella.

«Sí, los estoy haciendo desgraciados —pensó—. Lo sienten, pero será mejor para ellos cuando yo muera».

Deseaba decir esto, pero no tenía fuerzas para pronunciarlo. «Además, ¿para qué hablar? Debo actuar» —pensó. Con una mirada a su mujer indicó a su hijo y dijo:

—Llévatelo... lo siento por él... lo siento por ti también... —Intentó añadir «perdóname» pero dijo—: Renuncia —y agitó la mano, sabiendo que aquel cuya comprensión importaba lo entendería.

Y de repente le quedó claro que lo que le había estado oprimiendo y no le dejaba se le estaba cayendo a la vez por dos lados, por diez lados y por todos lados. Lo sentía por ellos, debía actuar para no herirlos: liberarlos y liberarse de estos sufrimientos. «¡Qué bueno y qué sencillo! —pensó—. ¿Y el dolor? —se preguntó—. ¿Qué ha sido de él? ¿Dónde estás, dolor?»

Volvió su atención hacia él.

—Sí, aquí está. Bueno, ¿y qué ha sido de él? Que el dolor sea.

—Y la muerte... ¿dónde está?

Buscó su antiguo miedo a la muerte y no lo encontró.

—¿Dónde está? ¿Qué muerte? —No había miedo porque no había muerte.

En lugar de la muerte había luz.

—¡Así que es eso! —exclamó de repente en voz alta—. ¡Qué alegría!

Para él todo esto ocurrió en un solo instante, y el significado de ese instante no cambió. Para los presentes su agonía continuó durante otras dos horas. Algo traqueteaba en su garganta, su cuerpo demacrado se retorcía, y luego los jadeos y el traqueteo eran cada vez menos frecuentes.

—¡Se acabó! —dijo alguien cerca de él. Oyó estas palabras y las repitió en su alma.

—La muerte ha terminado —se dijo a sí mismo—. ¡Ya no existe! —Tomó aire, se detuvo en medio de un suspiro, se estiró y murió.

Te recomendamos...

Pobres gentes
Fiódor Dostoyevski

En el San Petersburgo gris y opresivo del siglo XIX, Pobres gentes narra, a través de una serie de cartas, la conmovedora relación entre Makar Devushkin, un humilde funcionario, y Varvara Dobrosiólova, una joven huérfana. Unidos por la necesidad, la compasión y una profunda ternura, ambos intentan mantener su dignidad frente a la pobreza, la soledad y las imposiciones de una sociedad indiferente.

Primera novela de Dostoyevski, Pobres gentes es un retrato íntimo y realista de la miseria humana, pero también un canto a la bondad, la esperanza y el valor del amor desinteresado. Con una prosa sencilla pero profundamente emotiva, el autor anticipa ya aquí los grandes temas que marcarán su obra: el sufrimiento, la justicia social y la redención del alma.

I.S.B.N.: 979-13-70191-04-7

EDICIONS PERELLÓ